文春文庫

遠《えん》霞《か》ノ峠《とうげ》

居眠り磐音（九）決定版

佐伯泰英

文藝春秋

目次

「居眠り磐音」

主な登場人物

坂崎《さかざき》磐音《いわね》
元豊後関前藩士の浪人。藩の剣道場、神伝一刀流の中戸道場を経て、江戸の佐々木道場で剣術修行をした剣の達人。

小林《こばやし》奈緒《なお》
磐音の幼馴染みで許婚《いいなずけ》だった。琴平、舞の妹。小林家廃絶後、遊里に身売りし、江戸・吉原で花魁《おいらん》・白鶴《はつかく》となる。

坂崎《さかざき》正睦《まさよし》
磐音の父。豊後関前藩の国家老。藩財政の立て直しを担う。妻は照埜《てるの》。

福坂《ふくさか》実高《さねたか》
豊後関前藩の藩主。従弟の利高《としたか》は江戸家老。

中居《なかい》半蔵《はんぞう》
豊後関前藩の藩物産所組頭。

金兵衛《きんべえ》
江戸・深川で磐音が暮らす長屋の大家。

おこん
金兵衛の娘。今津屋に奥向きの女中として奉公している。

鉄五郎《てつごろう》　鰻屋「宮戸川」の親方。妻はさよ。

幸吉《こうきち》　深川・唐傘《からかさ》長屋の叩き大工磯次《いそじ》の長男。「宮戸川」に奉公。

今津屋吉右衛門《いまづやきちえもん》　両国西広小路に両替商を構える商人。内儀のお艶《えん》とは死別。

由蔵《よしぞう》　今津屋の老分番頭。

佐々木玲圓《ささきれいえん》　神保小路に直心影流の剣術道場・佐々木道場を構える磐音の師。

品川柳次郎《しながわりゅうじろう》　北割下水の拝領屋敷に住む貧乏御家人の次男坊。母は幾代《いくよ》。

竹村武左衛門《たけむらぶざえもん》　南割下水吉岡町の長屋に住む浪人。妻・勢津《せつ》と四人の子持ち。

笹塚孫一《ささづかまごいち》　南町奉行所の年番方与力。

木下一郎太《きのしたいちろうた》　南町奉行所の定廻り同心。

北尾重政《きたおしげまさ》　絵師。版元の蔦屋重三郎《つたやじゅうざぶろう》と組み、白鶴を描いて評判に。

中川淳庵《なかがわじゅんあん》　若狭小浜藩の蘭医。医学書『ターヘル・アナトミア』を翻訳。

四郎兵衛《しろべえ》　吉原会所の頭取《かしら》。

権造《ごんぞう》　富岡八幡宮の門前にやくざと金貸しを兼業する一家を構える親分。

『居眠り磐音』江戸地図

新吉原
山谷堀
寛永寺
待乳山聖天社
向島
上野
浅草
浅草寺
不忍池
業平橋
吾妻橋
品川家
北割下水
十間川
本所
法恩寺橋
竹村家
南割下水
柳原土手
両国橋
横川
金的銀的
今津屋
竪川
大川
鰻処宮戸川
若狭屋
六間堀
猿子橋
龍河岸
小名木川
日本橋
新大橋
鎧ノ渡し
深川
金兵衛長屋
霊岸島
八丁堀
永代橋
仙台堀
永代寺
富岡八幡宮
佃島
越中島

護国寺
小石川
本郷
牛込
豊後関前藩
上屋敷
湯島天神
神田川
神田明神
佐々木道場
駿河台
昌平橋
市谷八幡宮
神保小路
内藤新宿
四谷
四谷御門
麹町
江戸城
平川天満宮
南町奉行所
数寄屋橋御門
溜池
原宿
愛宕権現
増上寺
芝
渋谷

遠霞ノ峠

居眠り磐音（九）決定版

第一章　望春亀戸天神

一

北十間川《きたじっけん》の土手を上がった坂崎磐音《さかざきいわね》は、不意に足を止めた。

後ろから来るおこんが磐音の動きを訝《いぶか》しみ、訊いた。

「どうしたの」

だが、磐音は何かに見入っているらしく、黙したままだ。

日傘《ひがさ》をくるくると回しながら磐音のかたわらに来たおこんもまた、

「まあ」

と言ったきり息を呑《の》んだ。

暖かい陽射《ひざ》しのもと、見渡すかぎりの菜の花畑が広がっていたのだ。

安永《あんえい》四年（一七七五）、陰暦二月の下旬、亀戸《かめど》村はさながら菜の花の海に浮かぶ小島のようで、紋白蝶《もんしろちょう》が飛び交っていた。

磬音とおこんは黙したまま、自然が生み出した幻想を飽くことなく見つめていた。

「坂崎様、おこんさん、いつまでじいっとしているのですか」

遅れて土手を上がってきた小僧の宮松《みやまつ》が二人を促した。

「宮松どのは菜の花に心を動かされぬか」

ようやく我に返った磬音が小僧に訊いた。

「春になれば菜の花が咲くのは当たり前です。私は小僧に上がるまで菜の花畑でおっ母さんの手伝いをして育ちましたから、見飽きています」

「宮松さんは近くの小村井村の出だったわね」

おこんも二人の会話に加わった。

「早く普門院《ふもんいん》にお布施を届けに行きましょうよ」

宮松は菜の花よりも早く用事を済ませて、亀戸天神の門前での昼餉《ひるげ》を楽しみにしていた。

「参ろうか」

磐音は、菜の花の照り返しに黄色く染まったかに見えるおこんに言いかけた。

その時を惜しむように頷《うなず》いて、おこんが菜の花畑の間の道を進み始めた。

普門院は元和《げんな》二年（一六一六）に石浜から亀戸村に移ってきた古刹《こさつ》である。

その折り、運ばれてきた鐘が隅田川の淵に落ちて、鐘《かね》ヶ淵《ふち》の由来になった寺でもある。さらに慶安《けいあん》二年（一六四九）には朱印高五石《しゆいんだか》が与えられた。

普門院の先代住職と今津屋《いまづや》の先代に交遊があって、今も彼岸にはお布施を包んで経を上げてもらう仕来《しきた》りがあった。

このところ主《あるじ》の吉右衛門《きちえもん》が多忙を極め、おこんが代参することになり、偶然今津屋に立ち寄った磐音と宮松が付き添うことになったのだ。

江戸三十三箇所観音の三十番札所の山門を潜《くぐ》った三人は、若い修行僧に迎えられ、本堂で和尚《おしよう》の言海《げんかい》と会った。

「おこんさんが代参で見えられたか」

言海とおこんは昵懇《じつこん》のようだ。

「本来なら吉右衛門が伺うべきところですが、両替屋行司《ぎようじ》の役向きで飛び歩いております。秋の彼岸には必ず参りますと、言付《ことづ》かっております」

「お艶《えん》様が亡くなられて早半年も過ぎましたな。今日は、ご先祖様とお艶様の霊に経を上げるとしますかな」
小僧の宮松が、
ひえっ
という声を上げた。まさか読経《どきよう》の場に居合わせることになるとは思いもしなかったようだ。
「小僧さん、長い経ではない。その代わり、心を込めてな、お勤めなされよ。お艶様も喜ばれよう」
言海の読経が普門院本堂に気だるく響き、磐音たちは瞑目《めいもく》してそれぞれにお艶の思い出に浸った。

亀戸天神として親しまれる神社は亀戸《かめど》宰府《ざいふ》天満宮《てんまんぐう》という。

『江戸名所図会』には、

〈当社の門前貨食店《りようりや》多く、各々生洲《いけす》を構へ鯉魚《りぎよ》を畜《か》ふ、業平蜆《なりひらしじみ》もこの地の名産にして尤《もつとも》美味なり〉

とあるように、広大な敷地の四周に酒楼や料理茶屋が軒を連ねていた。

磐音とおこんは肩を並べて、菅原道真《すがわらみちざね》をお祀《まつ》りした拝殿にお参りした。

母親に連れられた子供も熱心に頭を下げていた。

江戸期、亀戸天神は書の神様として知られ、手習いを始めた子がお参りする神社であったのだ。

「おこんさん、小吉《こきち》さんを呼んできましたよ」

宮松が、猪牙舟《ちょき》を北十間川から亀戸天神の裏鳥居のある十間川の船着場に回していた船宿川清の船頭小吉を連れて、拝殿の前に姿を見せた。

「わっしも昼餉に呼んでくださるというんで、ちょいと厚かましいが面を出しました」

小吉とは花火船騒動のとき共に働いて顔見知りとなり、昨秋には品川の海晏寺《かいあんじ》に紅葉狩りに行った仲でもある。

「料理は大勢で食べたほうが美味《おい》しいわ」

深川育ちのおこんは屈託がない。

「でもその前に、宮松さんは字が上手になるように道真公によくよくお願いするのよ」

おこんは、宮松が先輩の手代や番頭たちから下手《へた》な字を厳しく注意されているのを承知していたのだ。

「おこんさん、お参りすると字が上手になるんですか。番頭さん方に頭を小突かれながら手習いするよりも楽ですね。ならしっかりとお願いしなくちゃ」

宮松は両手を打ち合わせて頭を下げた。

年貢米を積んで十間川を往来する舟からこぼれた米を食べて育った蜆を御蔵蜆《おくらしじみ》という。

また六歌仙の在原業平《ありわらのなりひら》が任を終えて京に帰る途中にこの地で舟が沈んで亡くなった伝説にちなんで、この近辺で採れる御蔵蜆を業平蜆ともいった。特に天神橋界隈《かいわい》で採れる蜆は珍重された。

おこんは十間川の川面《かわも》を見下ろす魚料理店に入った。女将《おかみ》に、

「おこんさん、ようこそいらっしゃいました」

と迎えられ、座敷に通された。

「お久しぶりにございますね」

「今日は、旦那《だんな》様の代参で普門院にお参りに来たのよ」

とおこんが応《こた》えて料理と酒を注文した。

この界隈は鯉《こい》料理が名物だ。

突き出しの菜の花の白和《しらあ》えで磐音と小吉は酒を飲む。

「昼酒は格別美味《うも》うございますね」

酒飲みの小吉の顔は綻《ほころ》んでいる。

「贅沢《ぜいたく》の極みだが美味しゅうござるな」

十間川を往来する舟の澪《みお》が、昼下がりの陽射しにきらきらと輝いていた。そんな舟に混じって、どこへ運んでいくのか菜の花を積んだ百姓舟も通り過ぎる。なんともいえず長閑《のどか》な風情《ふぜい》である。

「柳橋界隈と違ってのんびりしてますね」

「小吉どのもこの界隈には滅多に来られぬか」

「まず来ませんね」

と辺りを見回した小吉が、

「最近頓《とみ》に吉原通いの客が多くて、柳橋と今戸橋の間を日に何度往復するか数え切れませんや」

吉原通いの遊び人は、柳橋から猪牙舟を飛ばして山谷堀の船宿に入るのを粋とした。

「それにしても、なぜ急に吉原通いが増えたのであろうな」

「旦那、新しい太夫選びの日が近づいてるんですぜ。馴染《なじ》みの引手茶屋《ひきてぢゃや》に呼ばれて行く客が急に増えたんでさあ」

「そうであったな」

磐音はうっかりとそのことを忘れていた。

おこんは複雑な磐音の心底を想い、黙って男たちに酌をした。

磐音の許婚《いいなずけ》だった小林奈緒《こばやしなお》は、吉原の売れっ子花魁《おいらん》の白鶴《はっかく》だ。

吉原ではこの度、新しく太夫を客に選ばせようとしていた。

遊女三千人の里と呼ばれる吉原に、太夫と認められた花魁がいたのは宝暦《ほうれき》年間(一七五一〜六四)までだ。

その後、太夫は呼称として残っていたが、それは正式なものではなかった。そこでこの度、十年余を経て、名実ともにふさわしい太夫を選ぶ催しを行うと吉原では発表していた。むろん客寄せの一環だが、花魁を抱える妓楼《ぎろう》百五十余軒は必死だ。松の位と呼ばれる太夫の一人に遊女が選ばれれば、その妓楼は千客万来間違いなしだからだ。

なにより吉原の中で格が一段も二段も上がることを意味した。

唯一の官許の遊里である吉原の頂点に立つ太夫だ。美貌《びぼう》はむろんのこと、立ち居振る舞い、識見、人柄すべてが加味されて選ばれることになる。

歌を詠《よ》み、書を能《よ》くし、琴笛三味線を弾きこなし、香から茶道にまで明るくなければ、太夫職は勤まらなかった。

江戸期の吉原の遊女とは、ただの、体を売る女のことではなかった。

吉原自体が流行の発信基地であり、その発信元の遊女たちの着る衣装、化粧の仕方、髪型、好きな食べ物が、市井の女たちに大きな影響を与え、流行《はや》りとなったのだ。

その過熱ぶりに一枚嚙《か》んでいるのは、各妓楼が抱え女郎を、趣向を凝らして絵師に描かせ、浮世絵仕立てにして、引札のように客に配っていることだ。

巷では、

「見なよ、扇屋の淡雪の艶《あで》なことをよ。さすがはおれが贔屓《ひいき》にする花魁だぜ」

「馬鹿ぬかせ。この絵はよ、松葉屋の小紫《こむらさき》が、おまえさんだけにと送ってよこしたものだぜ。そんじょそこらの有象無象《うぞうむぞう》と一緒にするねえ」

などと、どこで手に入れたか浮世絵を手に大騒ぎする光景があちこちで見られた。

「三人の太夫にだれが選ばれるか、それも松の位の第一位をだれがとるかで、江戸じゅうが大騒ぎですぜ」

小吉は屈託なく言った。

白鶴が磐音の許婚だったことなど知らない小吉に、むろん悪意があるはずもない。

見かねたおこんだが、

「前評判ではだれなの、小吉さん」

と思わず訊いた。

「三浦屋の当代高尾《たかお》が選ばれるのは、貫禄《かんろく》といい、美しさといい、まず間違いのないところでさあ」

高尾太夫は京町の三浦屋抱えの遊女で代々襲名されてきたが、その中でも仙台藩主伊達綱宗《だてつなむね》に惨殺されたといわれる、

「仙台高尾」

をはじめ、伝説に彩られた高尾が数々いた。遊女の中でも高尾は格別で、当代の高尾は、

「三浦高尾」

と呼ばれ、数年前から吉原の頂点を極めてきた。それだけに、三浦高尾も銭金で動かない、

「張り」

と、

「美貌と教養」

の持ち主であった。

「二人目はだれなの」

「松葉屋の揚羽《あげは》でさあ。わっしも仲之町を道中するところを見たが、威風辺りを払っていたねえ。眩《まぶ》しくて顔もまともに見られなかったなあ」

と感に堪えないように小吉は言い、ぐいっと酒を呷《あお》った。

「この二人は吉原でも名代《なだい》の花魁だ。だれも文句のつけようがあるめえ。だが、三人目は大番狂わせかもしれねえ。だってよ、一年ばかし前、吉原の里に身を置いた新入りが、一気に遊女三千人の頂に立とうとしていなさるんだ。この花魁を世に知らしめるところとなったのは、丁子屋《ちょうじや》の旦那の宇右衛門《うえもん》様が企てた前代未聞の吉原乗込だ。この白鶴が、白無垢小袖《しろむくこそで》に打掛けで大門を潜った光景を、絵師の北尾重政《きたおしげまさ》が描き、『雪模様日本堤白鶴乗込』と題して売り出した、それで一気に江戸じゅうに知れ渡ったんでさ。今や、田舎《いなか》のお大尽《だいじん》が白鶴目当てに吉原に来るってんだから」

「その三人が人気のほどを競い合っているの」

「そういうこったね。当初は高尾が松の位の筆頭間違いなしと前評判は高かったが、再び北尾重政が『白鶴吉原花模様』と題して描いた浮世絵が売り出されるや白鶴がぐぐっと高尾に迫っているそうな。十日後に迫った入れ札はどちらに転んでもおかしくないということですぜ」

と小吉が言ったときに料理が運ばれてきた。

「わあっ、ご馳走《ちそう》だ」

待ちかねた宮松が叫び、箸《はし》をとった。

小僧の宮松はまだ色気より食い気とみえて、小吉の話には関心を示さなかった。

磐音は最後に残った酒を小吉の猪口《ちょこ》に注《つ》いで、料理に手をつける。

「蜆汁が美味しそうだ」

磐音は業平蜆の汁椀《しるわん》をとった。

「旦那、急に静かになられましたねえ」

と小吉が磐音の無口を心配した。

「坂崎さんは食べ物を前にすると、子供みたいに食べることに夢中になるお方なの。だれが話しかけても駄目よ」

「これは驚いた、大の男が食べ物に夢中とはな。そういえば、海晏寺の紅葉狩りの折りはどうでしたかね」

「あのときは大勢いたもの。さすがに食べ物に夢中というわけにはいかなかったでしょう」

　とおこんが答え、

「小吉さんが吉原の話に夢中になるように、世の中には食べることに一心不乱になるお人がいるのよ」

「確かに、旦那の顔はまるで観音様のように神々しい様子でございますね。こんなふうに汁を飲まれるお侍に初めて会いましたぜ」

「いつもこうよ」

「おこんさん、旦那の育ちがいいというのは確かだな。こんな無邪気な顔はお殿様にしかできない芸当ですぜ」

　昼餉の膳《ぜん》を食した後、名物の葛餅《くずもち》を土産《みやげ》に猪牙舟に乗った。

　磐音も包みを二つ作ってもらった。

　裏鳥居の船着場を小吉の竿《さお》が、
　とーん

と突き、櫓《ろ》に替えられた。

舳先《へさき》近くに磐音が座り、その向かいにおこんが腰を下ろした。

「坂崎さん、ご気分はいかが」

小吉の話を気にしていないか、おこんが遠回しに問うた。

「お艶どのの供養もしたし、美味しい料理もいただいた。これ以上の幸せはござらぬ」

「今ひとつ、連れに満足してないように見えるわよ」

「おこんさんのお供でなんの不満がございましょうや」

「おや、そんな軽口、どこで覚えたの」

「真《まこと》のことにござる」

磐音がにっこりと笑い、おこんが黙り込んだ。

猪牙舟は悠然と十間川から竪川《たて》へと曲がった。

「おこんさん、明日から幸吉《こうきち》どのが宮戸川《みやとがわ》に奉公に出ます。この葛餅を、幸吉どのとおそめちゃんの長屋に届けます」

「鰻捕《うなぎと》りも今日で終わりなのね」

幸吉は磐音の深川暮らしの指南役、お師匠さんだ。

磐音が宮戸川の鰻割《さ》きの仕事を得たのも、おこんの父親の金兵衛《きんべえ》と幸吉の口利《くちき》きがあったればこそだ。

「宮松どの、今津屋に奉公に入ったとき、母上と別れるのは寂しかったであろうな」

磐音がふいに宮松に訊いた。

腹がくちくなって半ば居眠りしていた宮松が、

「最初の数日はやっぱり家がいいなと思いました。でもすぐに慣れました。小村井村よりお店《たな》のほうが賑《にぎ》やかだし、三度のご飯だってちゃんといただけます。それに、こんなふうにご馳走もいただけます」

と目をしばたたかせながら答える。

「それは宮松どのがよいお店に奉公したということであろう」

「あれで番頭さんの小言がなければ、言うことなしの極楽です」

「宮松どののことを思えばこその小言であろう」

分かってます、と宮松が自らを納得させるように頷いた。

「幸吉さんは生まれ育った深川でお店奉公よ。それに気心も知れた鉄五郎《てつごろう》親方のもとでの奉公ですもの、なんの心配もないわよ」

おこんが請《う》け合った。

「とは申せ、奉公は奉公、他人の家の飯を初めて食うのだ。身内と一緒の長屋暮らしとは違うでな」

「坂崎さんたら、まるで父親《てておや》みたいな心配ぶりね」

とおこんが笑う。

「なら、六間堀に猪牙舟を入れますかい」

と小吉が訊くと、おこんが、

「ついでに私もどてらの金兵衛さんの顔を見ていこうかしら」

と言い出した。

どてらの金兵衛とはおこんの父親のことだ。

昼下がりの六間堀に猪牙舟が入り込み、おこんと磐音の視界に馴染みの町が広がった。

二

翌朝、磐音がいつものように次平《じへい》と松吉《まつきち》の三人で鰻割きに精を出していると、親方の鉄五郎に呼ばれた。

鰻の美味しさの評判が立ち、川を渡って食しに来る客が増えたため、宮戸川では一日に何百匹もの鰻を費《つか》う。そこで三人の下拵《したごしら》えがますます大事になっていた。

磐音にとっても、毎朝一刻半《いっとき》(三時間)ほどの鰻割きの仕事が百文の定収入である。それに朝餉《あさげ》が付くのだから、一所懸命である。

「幸吉が奉公に来たんだな」

松吉が嬉《うれ》しそうに言った。

磐音は頷くと井戸端で手と顔を丁寧《ていねい》に洗った。

何十もの鰻を割くとどうしても手にぬめりが移り、臭《にお》いも染み付く。

いつもは湯屋に行くのだが、今朝は行けそうにないので井戸の水で洗い、前掛けを外した。

店に行くと、幸吉が父親の叩《たた》き大工の磯次《いそじ》に伴われて、まだ客のいない店に緊張の面持ちで立っていた。

手には風呂敷包みを持たされている。

磐音の姿を見た磯次が無言でぺこりと頭を下げた。

「浪人さん、よろしく頼むぜ」

どこかほっとした表情の幸吉が声をかけてきた。
その前髪立ちの頭を、磯次が思いきり、
があん
と殴った。
「痛てえ、なにすんだよ」
叫ぶ幸吉の頭を、無言のまま手で押さえつけて下げさせた。
磯次は、奉公とは何かを言葉より態度で教えていたのだ。
「坂崎さん、二人を連れて座敷に上がってくだせえ」
鉄五郎が店の奥から叫んだ。磐音が、
「ささっ、奥へ」
と親子を誘《いざな》った。
土間に脱ぎ置かれた磯次の草履《ぞうり》はちびていたが、幸吉の草履は真新しかった。
それに着ているものもこざっぱりしていた。奉公に出る幸吉に恥をかかせまいと、
母親のおしげが揃《そろ》えてくれたものであろう。
宮戸川の奥座敷は小さな中庭に面しており、咲き誇る梅の花に昼前の柔らかい
光が降り注いでいた。そこで鉄五郎親方と女将のおさよ夫婦が待ち受けていた。

「おおっ、来たな」

　おさよのかたわらには、新しい箱膳一式とお仕着せが置かれていた。それとは別に、鉄五郎のかたわらにも法被《はっぴ》が山積みされていた。

　三人は、それぞれの思いを抱いて座った。鉄五郎が、

「幸吉は、宮戸川が小僧から受け入れる初めての奉公人だ。なんとしても一人前の鰻職人に育てあげたい。行く末を見守ってくだせえ」

　とまず磐音に話しかけ、

「親父さん、倅《せがれ》の幸吉は確かにこの鉄五郎が預かりましたぜ」

　と請け合った。

　磯次がまた幸吉の頭を片手で押さえつけ、自分も顔を下げた。

「幸吉、おめえは長年宮戸川に鰻を売りに来た鰻捕りだ。鰻捕りでは大人顔負けの腕前だが、今朝からは新参の奉公人だ。これまでの経緯《いきさつ》一切を忘れて、一から出直しだ。おめえの働き次第によっちゃ、ゆくゆくは暖簾《のれん》分けも考えよう。だがな、一人前になるには並大抵の年月じゃねえぞ。幸吉、どんなときでも倦《う》まず弛《たゆ》まず務めるんだ」

「へえっ、親方」

幸吉が緊張に震える声で返事をし、救いを求めるような仕草で磐音を見た。

「幸吉、深川暮らしではおめえが坂崎さんの先輩だが、今朝からは違う。坂崎さんとお呼びするんだ。分かったか」

「へえっ」

よし、と応えた鉄五郎がおさよに顔を向けた。

「幸吉、おまえの飯椀、汁椀、箸がこの膳の中に入っています。三度三度のご膳が終わったら、自分で汚れた器や箸を洗ってまた元の引き出しに戻すのです」

「おかみさん、ありがとうございます」

幸吉が丁寧に両手を突いて挨拶《あいさつ》した。

「幸吉、お仕着せだ。着てみろ」

鉄五郎が広げた深い蘇芳《すおう》色の法被は新しく仕立てたもののようで、背中には鰻が二匹左右から体をうねらせて円を描いて二つの頭を絡《から》ませ、その円の中に、

「深川鰻処　宮戸川」

と粋に染め出されていた。

「幸吉が奉公するのを機に、うちも店の看板を作ったんです」

嬉しそうな顔で鉄五郎が幸吉に法被を着せかけた。

「まだ大きいが、そのうち体が追いつこうぜ」

幸吉にはその他、袷《あわせ》、単《ひとえ》に腹掛けと前掛けが用意されていた。

「おまえの寝所は職人の進作《しんさく》と同じ部屋です。こちらにおいでなさい」

とおさよが幸吉を部屋に連れていった。

鰻屋が広く江戸に滲透《しんとう》し始めたのは安永からで、つい最近のことだ。

料理茶屋の板前だった鉄五郎が逸早《いちはや》く鰻の美味しさに惹《ひ》かれて職を辞し、おさよと二人で工夫を凝らして、独特のたれと焼き具合と香りの蒲焼《かばやき》を創り出した。

そして、辻《つじ》売りから始めて少しずつ客を摑《つか》み、六間堀の北之橋詰に宮戸川を開いたのは明和《めいわ》五年（一七六八）のことだ。宮戸川は鉄五郎の父親がこの地に開いていた小さな魚屋の名で、二代目といえなくもない。

十年もしないうちに宮戸川は、鰻の蒲焼を看板に掲げた数軒の鰻屋の名店の一つとして、評判を得ていた。

急速に店が大きくなっただけに奉公人も多くはないし、小僧から弟子入りさせたのは幸吉が初めてだった。

宮戸川では下拵えに松吉と次平を雇い入れ、次いで磐音が加わった。

磐音が宮戸川の鰻割きになったのと前後して、親方の手伝いに進作が雇われていた。

進作は鰻屋の奉公は初めてだが、魚河岸《うおがし》の一膳飯屋に四年ほど勤めていて、魚の捌《さば》きにも火の扱いにも慣れていた。

繁盛店となった宮戸川の鰻の焼き方を鉄五郎と進作が受け持ち、下拵えを終えた次平と松吉が台所の洗いなど雑用を担当した。

店の応対は、おさよと、以前いたおきちのあとに入った小女《こおんな》のおもとの二人で引き受けていた。

それが宮戸川の奉公人のすべてだ。

「お父っつぁん、おかみさんが新しい夜具を用意してくれてたぜ」

幸吉が戻ってきて磯次に報告した。

磯次は小声で、

「ありがとうございます、おかみさん」

と礼を述べた。

そこへ、進作とおもと、それに下拵えを終えた松吉と次平が呼ばれた。

「今日からうちの小僧になった幸吉だ。お互い知らぬ仲ではなし、よろしく頼むぜ」

鉄五郎親方の言葉に進作らが、
へえっ
と畏《かしこ》まった。

そんな全員に真新しい法被が配られ、松吉が、

「うちもとうとう看板を背負《しょ》って歩けるようになったんだな」

と嬉しそうに袖《そで》を通した。

鉄五郎もおさよに着せかけられ、磐音が、

「親方、なかなかお似合いでございますぞ。これで一段と男振りが上がりましたな」

と褒《ほ》めた。

「そうですかい」

鉄五郎は満面に笑みを浮かべながら、両袖を手で引っ張ってくるりと回った。

「これで宮戸川の名がさらに上がるというものです」

「そうなればいいが」

そんな様子を無言で眺めていた磯次が、

「わっしはこれで」

とぼそと言うと立ち上がった。

「幸吉、お父っつぁんを表まで送っていきな」

鉄五郎に命じられて幸吉が、

「へえっ、親方」

と答えた。

この日を境に鰻捕りの幸吉は消え、宮戸川の小僧の幸吉が誕生した。

昼前、磐音が六間湯から戻ってくると、猿子橋に二人の若侍が立っていた。かたわらにどてらの金兵衛が居て、

「ほれ、帰ってこられた」

と言うと二人が振り返り、

「坂崎様」

と叫んだ。

豊後《ぶんご》関前《せきまえ》藩の若い藩士、別府《べっぷ》伝之丈《でんのじょう》と結城《ゆうき》秦之助《しんのすけ》の二人だ。

「川を渡って参ったか」

「御府内《ごふない》でも、こちらはだいぶ様子が違いますね」

伝之丈が辺りを見回す。

「大川の西側には御城があり、御三家をはじめ大名家の上屋敷など武家屋敷が多い。その点、本所深川のお屋敷は下屋敷か抱え屋敷、それに御家人の屋敷で、どことなく長閑でな」

「私は、この界隈が関前城下のようでほっとします」

秦之助が答えた。

御用で来たにしては二人の顔はのんびりしていた。江戸に出てきたばかりの二人はまだすべてが珍しく、好奇心に溢《あふ》れている。

（まずは昼餉かな）

と磐音は若い二人の胃袋を案じた。

となると地蔵の親分が打つ蕎麦《そば》かと思いを巡らし、

（いや、若い二人には蕎麦より鰻がよさそうだ）

と宮戸川に行くことを考えついた。

懐《ふところ》の金を思案したが、三人分くらいの金子《きんす》はあったはずと推量した。

「それがしが毎朝働かせていただく店だが、鰻を食べに参ろうか」

「江戸前の鰻を食すのは初めてにございます」

屈託なく答える伝之丈と秦之助を、宮戸川に案内することにした。

金兵衛に濡《ぬ》れた手拭《てぬぐ》いを預けて、堀端を歩きだした磐音はまず訊いた。

「関前からなんぞ言うて参らぬか」

「中居半蔵《なかいはんぞう》様からご家老宛てに書状がございまして、その中に、借上げ弁才船《べざいせん》の正徳丸《しょうとくまる》が来月の中頃にも江戸入りするとの知らせが書き添えてあったそうにございます」

「そうか、いよいよ豊後関前の物産を積んだ船が江戸入りするか。魚河岸の若狭《わかさ》屋《や》には知らせたであろうな」

「はい、こちらに参る途中に立ち寄り、番頭の義三郎《ぎさぶろう》どのにお知らせいたしました」

磐音は頷いた。

「船には中居半蔵様も同乗してこられるそうです」

「それは楽しみだが、三月の中頃となると参勤上府と相前後せぬか」

「参勤のために借り上げた御座船《ござぶね》と荷を積んだ正徳丸が、相前後して関前の湊《みなと》から出ることになっております」

藩主一行の御座船は瀬戸内の海を走り、摂津《せっつ》湊に上陸して、その後は京を経て東海道を陸路江戸に向かうことになる。

だが、物産を積んだ正徳丸は瀬戸内から紀州灘《なだ》、遠州灘、相模《さがみ》灘と外海を走って江戸を目指すことになる。

藩は物産買い上げや参勤上府の掛かりに出費を強いられることになるが、大丈夫であろうか、と国家老の父正睦《まさよし》の苦労を磐音は察した。

「いらっしゃいませ」

小僧姿がすっかり板に着いた幸吉が、北之橋を渡ってくる磐音たちを迎えた。手には岡持ちを提げていた。

「どこぞに鰻を届けるのか」

幸吉が奉公に上がって、未だ三日目だ。

「五間堀の弥勒寺《みろくじ》の庫裏《くり》に出前だよ」

「ほう、近頃ではお坊様も鰻を食されるか」

「坊さんだって美味しいものは食べたいよ」

と幸吉は言い残して六間堀端を北に向かった。五間堀は、六間堀に東側から流れ込む運河だ。

「気をつけて参れよ」

「深川はおいらの縄張りでえ」

磐音が幸吉の小僧姿を見送っていると、秦之助が鼻をくんくんさせて香ばしい匂《にお》いを嗅《か》いだ。橋の上に、幸吉が提げていた岡持ちの鰻の香が漂っているのだ。

「これはなんとも美味しそうだ」

と呟《つぶや》いた。

「坂崎さん、どうなされた」

鉄五郎親方が店の前に出てきて訊いた。鰻割きの仕事を終えて帰ったばかりの磐音が再び姿を見せたため、不審に思ったのだろう。

「親方、昔の朋輩《ほうばい》に深川名物の鰻を食べさせたいと思うて連れて参りました。よろしいでしょうか」

「坂崎さん、お客ならそんな遠慮をなさることはない」

と応じた鉄五郎は、まずはお入りくださいと店に案内しながら、

「おさよ、ご新規様、ご案内！」

と叫んだ。すると女将のおさよが、

「あら、坂崎様ではありませんか」

「ご奉公していた折りの朋輩を連れて参りました」

「それはそれは、よう宮戸川においでくださいました」

と深川の女らしくきりりとした挨拶を返したおさよが、

「ただ今、店は空いておりますが、すぐに立て込んで参ります。奥ならばのんびり食べていただけますよ」

と自分たちの居間ではどうかと訊いた。

「かまいませぬ」

と答えた磐音は、

「客として宮戸川に入るのは初めてゆえ、なにやら緊張します」

おさよの言うようにまだ刻限も早いせいか、店は六分どおりの入りで、蒲焼が焼ける間に酒を楽しんでいる客が多かった。

おさよに案内されて磐音たちは奥座敷に通った。

幸吉が奉公に出た日に通された、小さな中庭に面した部屋である。

そのとき咲いていた梅の花はここ数日のうちに散っていた。

「ちょいとお待ちを」

と姿を消したおさよが酒と漬物を運んできた。

「鰻が焼き上がるまでには時間《とき》もかかります」

「おかみさん、相すまぬことです」

「坂崎様、今日はお客様ですよ。そう遠慮なさるとこっちが困ります」

さあ、おひとつ、とおさよが三人に酌をしてくれた。

「これは恐縮にござる」

と伝之丈が両手で受けた。

「うちのが、肝焼《きもや》きという菜を考えました。焼き上がったら運んで参ります。ご賞味くださいな」

おさよが店に去り、秦之助が膝《ひざ》を崩すと、

「坂崎様が朝仕事をなさるのはこちらでしたか」

「深川暮らしを始めたときからの日雇い仕事でな、百文に朝餉が付くのだ」

磐音は屈託がない。

「百文ですか」

「伝之丈、世の中で侍《さむらい》崩れが仕事にありつくのはなかなか大変なことなのだぞ。それがしは運に恵まれておる」

「坂崎様、鰻は高いと聞いたことがございます」

秦之助が急に懐を心配したらしい。

「近頃流行りだした鰻の蒲焼は、蒸したり、焼いたり、秘伝のたれをかけてまた焼いたりと手間がかかるのだ。それだけに値も張る」

「ちなみに、宮戸川の蒲焼はいくらにございますか」

「一皿二百文だ」

茶漬けが十二文、蕎麦が十六文という値に比して、鰻は職人の日当の半日分にも値した。

ちなみに、当時は蒲焼を皿で供し、鰻丼《うなどん》は今しばらく時代が下った文化《ぶんか》年間（一八〇四〜一八）に、堺町の芝居小屋の金主《きんしゅ》、大久保《おおくぼ》今助《いますけ》が考案したものといわれる。

二人は、

「二百文ですか」

とびっくりしている。

「心配いたすな、鰻くらいはそれがしが馳走する」

磐音は先輩の貫禄を見せて胸を叩いた。

差しつ差されつゆっくりと酒を飲みながら、鉄五郎が考案したという鰻の肝焼きを食した。

そのうちにこんがりと焼き上がった蒲焼が運ばれてきて、

「これは美味《うま》そうじゃ。たまらぬな、伝之丈」

「所変われば品変わると申すが、江戸前の鰻はかようにも香りがよいものか」

と言いながら、若い二人はあっという間に鰻とご飯を平らげた。

磐音も客としていただく鰻を十分に賞味した。

三人が満足の笑みを浮かべていると、おさよが険しい顔で現れた。

三

「坂崎様、ちょっと」

おさよの表情を読んだ磐音が、

「しばらく待ってくれ」

と二人に言い残して店に行った。

磐音はおさよの後に従いながら、客が代金の支払いで揉《も》め事でも起こしたかと推量した。ところが帳場に幸吉がいて、半べそをかいていた。

「浪人さん」

「どうした、幸吉どの」

渋い顔の鉄五郎が、

「世の中、諸事世知辛くなりやがった。坂崎さん、鰻屋相手に騙《かた》りですよ」

「騙りとはまたどういうことです」

「店を開けたばかりの刻限、弥勒寺から、今流行りの鰻の蒲焼を五人前届けてくれとの注文がありましたのさ」

注文に来たのは三十四、五の寺男で、棒縞《ぼうじま》の袷を裾絡《すそから》げしていた。顔にはこれといって特徴があるわけではないが、暗い目付きをしていたという。

「先ほど幸吉どのが岡持ちで運んでいったのがその注文かな」

「さようです。ところが幸吉が寺に行くと、門前に寺男が待っていたそうなんで」

と説明した鉄五郎が、

「その先は、おめえが坂崎さんに申し上げろ」

と幸吉に命じた。

「へえっ、親方」

半べそをかきながらも幸吉が話し出した。

「おれが弥勒寺の山門を潜ると、寺男が、小僧さん、寺に鰻はちょいと不味《まず》い。そうっと離れに運ぶからと、おれから岡持ちを取り上げたんだ。そんで代金は法事のお客様に支払ってもらうから、ここで待っててくれといわれて、つい岡持ちと釣りの三分を渡しちまったんだ」

「なにっ、釣り銭も用意していかれたか」

「一両で支払いたいから釣りを用意してきてくれってことだったんだが、まんまと騙《だま》されちまいました」

鉄五郎が言った。

「おれ、しばらく待ってたんだ。でもいつまで待っても男が帰ってこないんで離れに行ったらよ。そしたら、離れの玄関先に岡持ちが投げ出してあって、空の皿もあったんだ」

幸吉は、足元の岡持ちと手摑みで鰻を食べたらしい皿を見た。

「何度呼んでもだれも出てこねえ。そのうちお坊さんが姿を見せて、どうしたと訊かれたんで事情《わけ》を説明すると、うちでは鰻など頼んでおらぬと言われてよ。だから、おれが何度も、いや、違う、弥勒寺からの注文だというと、ならば寺男に会うかと庫裏に連れていかれて寺男に会ったのさ。でも、年寄りの寺男で、注文に来た男とは違ってて……」

幸吉はそう言うとまた涙をこぼした。

「親方、これは釣り銭を騙し取ることを狙《ねろ》うて鰻を注文しておる。常習の者の手口じゃな」

「まったく呆《あき》れた野郎ですぜ」

鉄五郎は涙をこぼす幸吉に、

「幸吉、男がそういつまでも泣くもんじゃねえ。こりゃ、おれも一つ知恵を付けさせられたぜ」

と磐音の顔を見た。

「親方、この手合いは一件だけで終わるまい。また別のお店で騙りを働こう。これから地蔵の親分に相談して参る」

「そうしてください」

幸吉が磐音に、

「浪人さん、あの寺男を捕まえて早く釣り銭の三分を取り戻してくんな」

と頼んだ。

「幸吉どのを騙すとは許せぬからな」

磐音は座敷に戻ると、のんびりと寛ぐ二人に、

「ちと用ができた」

と事情を告げた。それを聞いた伝之丈が、

「坂崎様は町方の手伝いもなさるのですか」

と呆れた。

「深川暮らしはなんでも助け合うのだ」

二人を伴って店に戻り、

「ご馳走様にございました」

と改めて礼を述べた磐音は勘定を済ませようとした。

「坂崎さんからお代が取れるもんですか。三人や四人分の鰻代なんぞ気にすることっちゃありませんや。それに、今また厄介《やっかい》ごとを引き受けてもらったんですから」

「それでは困る」

「鰻割きが、自分の割いた鰻を食べるのは勉強ですぜ」

鉄五郎は頑として代金を受け取ろうとしなかった。

伝之丈たちの前で押し問答するのも憚《はばか》られ、磐音はまずは地蔵の親分に会うこ

とにした。

「坂崎様、馳走になりました」

「また鰻を食べに参ります」

「そう度々来られてもこちらの懐が保《も》たぬ」

「この次は自前で払います」

「気をつけて参れ」

伝之丈らと竪川の堀端で別れた磐音は、横川の法恩寺橋際にある地蔵蕎麦に向かった。

主の竹蔵《たけぞう》は、南町奉行所の定廻《じょうまわ》り同心木下一郎太《きのしたいちろうた》から鑑札《かんさつ》を授けられた老練な十手持ちだ。その竹蔵は客が途切れたか、ぐらぐらと煮立つ釜《かま》の前でぼうっと外を見ていた。

「親分、御用だ」

「坂崎様、なんぞ悪さに遭《あ》われましたか」

「それがしではない。宮戸川に奉公に出たばかりの幸吉どのが騙りに遭《お》うたのだ」

磐音は事情を話した。

「幸吉め、小僧になったばかりってえのに、えれえ目に遭ったな」

「三分を早く取り返してくれと、頼まれたところです」

「柳橋界隈の食い物屋にしばしば釣り銭騙りが現れるとは聞いておりましたが、深川に移ってきましたか」

竹蔵は前掛けを外し、地蔵蕎麦の親父から御用聞き竹蔵の顔に変わった。

「まずは手先どもに、この界隈の店に注意を呼びかけさせます。幸吉が騙された三分を取り戻すよりも、新たな騙りに遭わねえことが肝心だ」

「親分、そう言わずに、三分も取り戻してくれぬか」

と話しているところに、

「坂崎さん」

という声がして、南町奉行所定廻り同心の木下一郎太が小者《こもの》を従えて法恩寺橋のほうから歩いてきた。

「旦那、柳橋界隈を荒らした釣り銭騙りがこっちにも現れましたぜ」

竹蔵が磐音から聞いたばかりの話を手際よくした。

「なにっ、小僧になったばかりの幸吉が被害に遭ったか。しっかりしているようでまだ子供だな」

「本所深川にはその類の悪さをする手合いがいませんや。人のいうことは最初《はな》っから信用する土地柄だ。木下様、その野郎、向こう岸で食い詰めましたかねえ」

一郎太は、直《じか》に担当しているのではないので曖昧《あいまい》だがと断り、

「騙りの届けがあったのはたしか十数件と思ったな。騙された釣り銭は締めて二十両に満たないと思ったが」

と言った。

「ともかくこれ以上被害を広げないことだ」

「野郎がうちに姿を見せればすぐにお縄にするんだがな」

竹蔵が腕を撫《ぶ》する。

だがこの界隈では、地蔵蕎麦の主がお上の御用を務めることは知れ渡っていた。まず、釣り銭騙りが地蔵蕎麦に姿を見せるとも思われなかった。

磐音は改めて一刻も早く釣り銭騙りを捕縛《ほばく》してくれるよう一郎太と竹蔵に頼んで、金兵衛長屋に戻った。

釣り銭騙りは永代寺門前の川魚料理屋五軒に立て続けに被害を与えた後、ふっつりと途絶えた。

幸吉から釣り銭を騙しとった男は、寺男ばかりではなく、時にお店の番頭、時

に鳶《とび》の男衆《おとこし》に扮《ふん》して、なかなかの役者ぶりを発揮した。

竹蔵たちは必死で変装上手の男を追っていたが、なかなか尻尾《しっぽ》が摑みきれないでいた。

磬音はもやもやとした気分を振り払おうと、神保小路《じんぼうこうじ》の直心影《じきしんかげ》流佐々木《ささき》道場に通い、汗を流すことにした。

この日も住み込み師範の本多《ほんだ》鐘四郎《かねしろう》と打ち込み稽古《げいこ》をしていると、玄関先で大声が響いた。

「おらはちゃんと、名物の草餅を釣り銭と一緒に届けた。お代を払ってもらえねえと、困りますだ」

磬音と鐘四郎は竹刀《しない》を引き合い、軽く頭を下げ合うと玄関先に向かった。

「いかがいたした」

鐘四郎が、田舎から奉公に上がったばかりのような娘相手に困惑の体《てい》の若い門弟に尋ねた。

「師範、道場に草餅の折りを届けたというのですが、そのような注文をなさいましたか」

「いつのことだ」

鐘四郎が娘に訊くと、

「いつのことなどと、とぼけるでねえ。たった今のこった」

「待て待て、だれがそのような草餅を頼んだと申すか」

「そりゃ、門弟衆の一人に決まってるだ。あの門前でおらを待っててよ、道場には女子供が近付いてはならぬ仕来りだ、それがしが奥に届けて、お代をもらってくるで、ここで待てと言いなさって、庭の向こうに消えただ。奥に訊いてくれねえか」

鐘四郎が若い弟子を奥へと走らせた。

磐音が、

「娘ご、そなたはどちらの菓子舗の使いかな」

と訊いた。

「おらか、和泉橋の明神屋《みようじん》だ」

娘が答えたところに、佐々木玲圓《れいえん》の内儀《ないぎ》おえいが姿を見せ、

「これ、そなたか。うちが草餅を頼んだと申すは」

「ほれ、みろ。内儀様がご承知だ」

不安な顔をしていた娘がほっと安堵《あんど》の顔をして言った。

「お内儀がお頼みになられたのですか」

鐘四郎の問いにおえいが首を横に振り、

「うちでは草餅など注文しておりませぬ」

と困った顔をした。

「そんな馬鹿なことがあるか。おらは門前で、折り十箱と釣り銭二分三朱を渡しただ。みんなでおらを騙す気か」

と泣き叫び始めた。

「待て待て、そなたの気の済むようにいたすからな」

と心根の優しい鐘四郎が道場にいた門弟衆を玄関先に呼び集め、娘に首実検をさせた。

必死の形相《ぎょうそう》で一人ひとりを確かめていた娘が、

わあぁっ

と本格的に泣きだした。

当然ながら、稽古をしていた弟子の中にその者はいなかったのだ。

鐘四郎は磐音を見た。

磐音が南町奉行所に協力して探索を手伝っていることを承知していたからだ。

「娘ごはどうやら、今流行りの釣り銭騙りに引っかかったようだ。つい数日前も、それがしが鰻割きをいたす宮戸川も同じ被害に遭いまして、蒲焼五人前と釣り銭三分を騙し取られました」

「なんということか」

磐音の話を聞いた一同が唖然《あぜん》とした。

「娘ご、そなたから草餅の折りと釣り銭を受け取ったものは、歳《とし》の頃三十四、五、背丈は五尺五寸ほど、暗い顔付きの男ではないか」

「そいつだ、その男だよ」

「どうしたもので」

困惑の体の鐘四郎がおえいに救いを求めた。

「本多、すまぬが、そなたこの娘に付き添い、お店まで参って事情を説明してくださらぬか。わが道場の名を出されて娘がかような目に遭うたのです。主と話して、騙された金子を支払うてきてくだされ」

はい、と畏まった鐘四郎は娘に、

「ここで待っておれ。それがしが一緒に参り、そなたの主に事情を話してつかわすからな」

「それがしも同道いたしましょう」

と磐音も言うと、着替えのために控え部屋に走った。

幸吉の一件もあり、見過ごせないと思ったからだ。

おえいも奥に財布を取りに戻った。

急いで着替えた磐音が玄関先に戻ると、鐘四郎が最初に応対した若い門弟と二人で立っていた。

「娘ごはどうしました」

「急に門の外に駆け出していったらしい。どうやら店に戻ったようだ」

「ならばわれらも後を追いますか」

道場を出た二人は神田川に向かって足を早めた。

磐音は菓子舗の明神屋がどこにあるのか知らなかったが、何度か買い求めたことがある鐘四郎は、和泉橋を渡った神田佐久間町二丁目にある間口四間ほどの店に磐音を案内した。

主の明神屋栄吉《えいきち》と女房のおはつがちょうど客を送り出したところで、

「いらっしゃいまし」

と言葉をかけてきた。

「佐々木道場に草餅を運んだ娘は戻っておるか」

鐘四郎の問いに夫婦が怪訝《けげん》な顔をして、

「けさ世のことにございますか」

「けさ世と申すか」

「へえっ、けさ世がどうかしましたので」

鐘四郎が事情を説明し、娘が先に帰ったことを告げた。

「なんと、さようなことが」

驚いた夫婦が顔を見合わせ、

「けさ世はまだ戻ってきませんが」

「われらより先に出たのだがな」

「ふた月ほど前に、越後から口減らしのために奉公に来た娘です。まだ江戸の道が分かりません。大方、遠回りして戻ってくる最中にございましょう」

「主、佐々木道場の名を出されて騙されたのじゃ。草餅のお代と釣り銭を支払ってくるようお内儀に頼まれて参った。いくらかのう」

と鐘四郎がおえいから預かってきた財布を出した。

「お侍様、お求めにもならない草餅のお代ばかりか、釣り銭まで出していただくわけには参りません。越後から来たばかりの娘を使いに出した私どもが悪いのでございます」

と明神屋栄吉が顔を横に振った。

「それは困る」

「いえ、私どもも困ります」

押し問答になった。

「なら、けさ世の顔を見てどういたすか決めよう」

鐘四郎はそう決心した。

けさ世を待つ二人に女房が茶を出してくれた。二人がその茶を飲み終わってもけさ世は戻ってこなかった。

「それにしても、けさ世は遅いではないか」

「遅うございますな」

と栄吉も心配になったか、店の表に出て神田川の方角を見た。

磐音もつられて栄吉と同じ方向を眺めた。

そのとき、柳原土手《やなぎわらどて》の一角から、

わあっ

という叫び声が上がり、

「娘が川に飛び込んだぞ！」

という言葉が続いて聞こえてきた。

磐音が走り出し、続いて、栄吉と鐘四郎が磐音に従った。

三人が和泉橋に辿《たど》りついたとき、上流で古着の露天商と思える男たちが数人土手下をうろうろして、

「舟はいねえか」

「竿を持ってこい」

と騒いでいた。

柳原土手は古着商たちが露店を出すところとして知られていた。

磐音たちは神田川の水面を見たが、飛び込んだという娘の姿はどこにも見えなかった。

「飛び込んだという娘はいくつくらいですか、着ていたものはどんなものですか」

栄吉が必死の形相で叫んだ。

土手で右往左往していた男の一人が、

「黄色地に縦縞《たてじま》の着物だ。臙脂《えんじ》の帯をしていたぜ。歳は十六、七かねえ」

「うちのけさ世です」

栄吉が橋から土手を駆け下りていった。

「本多さん、舟を出そう」

磐音はそう言うと神田川の河口に向かって走り出した。柳橋には何十軒もの船宿が軒を連ねていた。

二人が新シ橋まで駆け下ったとき、荷足《にたり》舟が上流へと向かって上がってきた。

二人は急な土手を駆け下り、

「船頭さん、すまぬが舟に乗せてくれ。娘が川に飛び込んだのだ」

と頼んだ。

「乗りねえ、飛び込んだのはどの辺りだ」

船頭が櫓に力を入れて、和泉橋へと漕《こ》ぎ上がっていった。

四

磐音は木下一郎太とともに今津屋の店に入っていった。

夕暮れどきだ。

「おや、お二人がご一緒とは」

老分番頭《ろうぶんばんとう》の由蔵《よしぞう》が声をかける。

「神田川で身投げがありましてね」

「明神屋の奉公人の娘さんと小僧が聞き込んできましたが、お二人が関わっておられたか」

「釣り銭騙りに遭った娘さんが、それを悔やんで入水《じゅすい》したのです」

と事情を告げた。

けさ世の水死体は、和泉橋と新シ橋の中ほど左岸の石垣下に浮かんだところを発見された。磐音も鐘四郎も、

「あのとき、一人で帰したのが間違いの因《もと》であった」

と悔やんだ。

ともあれ、釣り銭騙りは一人の若い娘の命を奪ったことになる。

「かわいそうなことになったわねえ」

おこんが店先に顔を見せて話に加わった。

「これまでも本腰を入れて探索してこなかったわけではありませんが、なんとし

ても釣り銭騙りの野郎をお縄にします。でないとけさ世も浮かばれませんし、犠牲も増えますからね」

定廻り同心の顔は厳しかった。

「坂崎さん、幸吉さんはそんなことしないわよね」

「鉄五郎親方がしっかりと気配りなされておるゆえ、さようなことはあるまい。けさ世どのは江戸に出てきたばかりでかような目に遭い、うろたえたのであろう。たれか相談する者がいればよかったのだが」

「大変でしたな、佐々木道場も」

由蔵がそのことを心配した。

「それはともかく、今少しわれらの注意が足りなかった」

「でも、こればかりは……」

とおこんが言い、その後の言葉を呑み込んだ。

磐音が橋を渡って深川六間堀の金兵衛長屋に戻ると騒ぎが起こっていた。

どてらの金兵衛が、

「坂崎さん、幸吉の奴が釣り銭騙りを捕まえて三分を取り戻すのだと、宮戸川から家出したらしい」

「なんという愚かなことを」

「先ほど地蔵の竹蔵親分の手先が、こちらにお邪魔してないかと聞き込みに来ましたんで」

「宮戸川に行って参る」

磐音は木戸口から引き返し、北之橋詰の宮戸川を訪ねた。もう暖簾を下ろしていたが、表戸は開いていた。

「御免」

と入っていくと、客のいない店に鉄五郎親方とおさよ夫婦に進作、それに竹蔵親分と幸吉の父親の磯次が額を寄せて話し合っていた。

「坂崎さん、お聞きになりましたか」

「金兵衛どのに聞いた。居なくなったのはいつのことです」

「それがさ、昼下がりに客のだれかが、神田川で身を投げた娘は釣り銭騙りに遭ったことを悲観してのことらしいと話していたそうなんで。幸吉はそいつを聞いたらしく、その直後に書き置きを残していなくなったんですよ」

鉄五郎が紙片を磐音に見せた。

かなくぎ流の字で、

「おやかたさま　つりせんかたりのおとこをみつけにいきます　しばらくみせを
やすませてください　ごめんなさい　ゆるしてください　幸吉」

と書かれてあった。

「騙し取られた三分の金なんぞを気にすることはねえんだ」

鉄五郎が吐き捨てると磯次がぺこぺこと頭を下げた。

「親方、書き置きの他はなにも言い残しておらぬのだな」

「なにもねえんで」

鉄五郎も困惑の体だ。

「見つけに参ると申しても当てがあるのであろうか」

磐音はそのことを思案し、

「幸吉どのは金子を持っておりますか」

と訊いた。

「いいえ、銭はまったく持ってねえと思いますよ」

「おそめちゃんに事情を話したということはなかろうか」

磐音の言葉に竹蔵が、

「そいつを手先に聞きに行かせました。だが、おそめに相談した様子もございませんし、おそめも、なんてことをしたんだろうって怒っていたそうです」

「釣り銭騙りを探すといっても江戸は広い。いったいどこを探す気か」

磐音の言葉に無口な磯次がぺこぺこと頭を下げた。

「神田川に身を投げた娘は、ほんとうに釣り銭騙りに遭って入水したのですかねえ」

竹蔵が呟くように言った。

「それが真実《まこと》なのだ、親分」

磐音が事情を説明した。

「なんと、佐々木道場が釣り銭騙りの舞台でしたか」

「それだけに、幸吉どのにはこのような真似《まね》はしてもらいたくなかったのだがな」

「まったくで」

磯次の体がいよいよ小さくなり、無言で頭を下げ続けた。

「親父どの、そなたのせいではない。まずは、どこへ幸吉どのが探しに行ったか、それを知ることだが」

それが分からずに困っていた。

全員が思案投げ首というところへ、竹蔵の手先がおそめとちびの新太《しんた》を連れて戻ってきた。

「親分、おや、お歴々がお揃いだ。幸吉の奴、両国橋を渡ったようですぜ。おそめが聞き出してくれたんだ」

とおそめを見た。

ちびの新太は幸吉の弟分の一人で、鰻捕りの手伝いをしてきた少年だ。

新太は竹蔵親分の顔を見て、ぺこりと頭を下げた。

「坂崎様、あたし、幸吉さんのことが気になって、伝吉《でんきち》さんやら新太さんに、幸吉さんを見かけなかったか訊いて回ったんです。そしたら、新太さんが両国橋際で幸吉さんに会ったというのです、それも七つ（午後四時）時分というのです」

と説明したおそめは、

「新太さん、皆さんにそのときの様子をお話しして」

新太は大勢の大人に注視されて、おそめの陰に身を潜《ひそ》めた。

「大丈夫よ。あたしに話したように話しなさい」

おそめが姉のように言いかけると、

「おれ、広小路で幸ちゃんに会ったことは話しちゃいけなかったんだよ。幸ちゃんに叱《しか》られるよ」

「大丈夫、幸吉さんもだれも叱りはしないから。幸吉さんはそのとき、なんて言ったの」

「浅草の奥山《おくやま》に行くと言ったんだ」

「で、新太さんは、どうしてだって訊いたのね」

「だってよ、鰻屋の小僧が浅草奥山なんておかしいもんな」

「そしたら、幸吉さんはなんと答えたの」

「おれから三分も騙しやがった男は役者だ。そうじゃなきゃあ、寺男や道場の門弟に化けられるわけはねえって、幸ちゃんは答えたんだ」

　おそめが磐音を振り返った。

「坂崎様があたしと幸吉さんを奥山に連れていってくださいましたね。そのことを幸吉さんは思い出したんでしょうか」

「おそめちゃん、ようやった。それにしても幸吉どのが奥山に向かったは、なんぞ当てがあってのことかな」

　と首を捻《ひね》る磐音に新太が、

「浪人さん、幸ちゃんは、下手な人相書きを懐に持ってたよ。そいつを見せて訊き回るんだと」

と言った。

鉄五郎が調理場の奥に向かって、

「おさよ、おそめと新太に鰻飯を作ってやれ」

と怒鳴った。

竹蔵が磐音に顔を向けた。

「坂崎様、確かに釣り銭騙りの野郎はいろんな扮装《ふんそう》をしてやがる。素人芝居《しろうと》ではそうも簡単にはいきますまい。幸吉が考えたように、役者崩れが銭に困って釣り銭騙りを思いついたということは考えられますぜ」

磐音は頷くと立ち上がった。

鉄五郎が磐音と竹蔵親分に、

「磯次の父っつぁんから預かったばかりの幸吉に怪我《けが》でもさせたとあっちゃ申し訳が立たねえ。よろしくお願い申します」

と立ち上がって頭を下げると、磯次も慌《あわ》てて親方に倣《なら》った。

五つ（午後八時）過ぎの浅草奥山は、見世物小屋も芝居小屋も大道芸もはねて閑散としており、冷たい風が巻くように吹いていた。

竹蔵は手先たちを散らして聞き込みにあたらせた。

四半刻《しはんとき》（三十分）後、手先の一人が芝居小屋の呼び込みを連れてきた。

「親分、綱八《つなはち》さんが、幸吉らしい男の子に声をかけられたそうですぜ」

綿入れ半纏《はんてん》を羽織った老人は風邪《かぜ》でも引いているのか水っ洟《ぱな》を垂らしていた。

「すまねえ、こんな刻限によ」

竹蔵が謝り、

「父っつぁん、小僧を見たのはいつのことだ」

「暮れ六つ（午後六時）前のことだな、人相書きを突き出して、この男を知らないかと訊きやがったな」

幸吉だと直感した。

「そのとき、なんのためにそいつを探しているか小僧に訊いたかえ」

「おおっ、釣り銭騙りに遭ったと言ってたぜ」

「幸吉め」

と吐き捨てた竹蔵が、

「父っつぁん、小僧がその後、どうしたか知らないか」

綱八は水っ洟を拳《こぶし》で啜《すす》り上げ、

「定九郎《さだくろう》を探しに行ったさ」

「定九郎たあ、だれだ」

「そりゃあ、小僧の人相書きの男だあ。上方《かみがた》下りの三田《みた》勝五郎《かつごろう》一座がさ、ひと月前まで小屋掛けしていたがよ、客が入らず江戸で解散だ。そんときの役者の一人が早変わりの定九郎だ」

「上方者にしては、上方の匂いがしねえな」

もし上方芝居の一座ならば言葉に訛《なま》りがあるし、幸吉がそのことに感づかないわけはない。そのことを竹蔵は問い質《ただ》したのだ。

「親分、野郎の在所は新堀村だ。早変わりはこの奥山で覚えたのさ。それが三年も前に仲間と諍《いさか》いを起こして相手を傷つけ、江戸を離れた。今度、江戸に戻ってきたのは、ほとぼりが冷めたと思ってのことだろうよ」

「一座がちりぢりになって、定九郎が江戸に残ったのは確かか」

「ああ、それは確かだ。一座の者が浅草を離れた後に、おれのところに衣装を買ってくれないかと頼みに来たんだ。だが、うちの親方が、上方物は肌合いが違うと断りなすったのさ」

「それはいつのことだ」

「二十日ほど前のことかねえ」

竹蔵が磬音を振り返った。

「定九郎め、銭に困って釣り銭騙りを思いついたようですぜ。柳橋界隈で釣り銭騙りが流行り始めたと同じ頃だ」

磬音が頷き、竹蔵が綱八に、

「定九郎の塒《ねぐら》を知らねえか」

と訊いた。

「馬喰町《ばくろちよう》辺りにしけ込んでるんじゃねえかね。その小僧にもそう言ったぜ」

「小僧は旅籠《はたご》町に向かったか」

「そう思うぜ」

と綱八は洟を啜った。

江戸市中で旅人宿、公事《くじ》宿が集まる一角は馬喰町、通旅籠町《とおりはたごちよう》、通油町《とおりあぶらちよう》界隈だ。通油町と並行して一本北側に走る厩新道《うまやしんみち》の旅人宿銚子屋《ちようしや》に幸吉が訪ねてきたこ

とが分かったのは、五つ半（午後九時）過ぎの刻限だ。番頭は、

「役者の定九郎さんの似顔絵を持ってきましたんでね、定九郎さんならうちに泊まっているよと答えたんですよ」

「なにっ、定九郎がいやがるのか」

「へえっ、二十日ほど前からね。なにかしでかしたんですか」

「釣り銭騙りだ」

「そんなふうには見えなかったが。今日も草餅の包みを土産にくれましてね、如《じょ》才《さい》ない人ですよ」

「野郎はまだ泊まっているのか」

「いえね、小僧が来た後、戻ってきた定九郎さんにそのことを話すと、急に上方に戻ることになったからと慌ただしく出ていきましたよ」

「日が暮れて旅もあるめえ。どこへ行ったか知らないか」

番頭は顔を横に振り、

「うちの下女が、この先の汐見橋から通りかかった猪牙舟を雇ったのを見ております」

「舟で大川に逃げたか」

「なにしろ、潰《つぶ》れた一座の衣装を給金代わりに貰《もら》ったからと大葛籠《つづら》を持っていましたから、歩いてはいけませんや。そいつを猪牙舟に積んだそうで」

竹蔵が万事休すという顔で磐音を見た。

「番頭どの、猪牙舟を雇ったのはこちらを出てすぐのことか」

「いえ、使いに出ていたおうねが、定九郎さんが大葛籠を重そうに担いで猪牙舟に乗りましたが、どちらかに行かれるのですか、と私に訊いたのは四半刻も過ぎた頃ですよ」

「おうねどのにお目にかかれぬか」

磐音の頼みに、

「へえっ」

と番頭が答えて下女を呼んだ。

「おうねどの、定九郎と申す役者が猪牙舟に大葛籠を載せるところを見たそうだが、どこの猪牙舟かご存じないか」

丁寧な言葉遣いの磐音の顔をまじまじと見た下女が、

「入江橋際の船宿潮風の猪牙舟で、龍《たつ》つぁんが船頭だったよ」

「礼を申す」

磐音が深々と頭を下げ、竹蔵と手先たちが飛び出す後から磐音も従った。

磐音たちは、仙台堀から南側へと入り込んだ小川橋の奥で、龍三郎《たつさぶろう》の漕ぐ猪牙舟から飛び下りた。

「旦那、重い葛籠を二人がかりで運び上げたのは、ほれ、この石段を上がった荒れ屋敷だ」

と龍三郎が指した。

おつねが船宿潮風の龍つぁんと覚えていた船頭は龍三郎といい、船宿に居合わせた龍三郎は、定九郎と大葛籠を仙台堀まで運んだと磐音たちに証言した。そこで竹蔵がそこまで案内してくれと頼んだのだ。

「畜生、おれの縄張り内に戻ってやがったか」

竹蔵が腹立たしそうに吐き捨てた。

この界隈は深川冬木町《ふゆきちよう》という町名を持っていたが、海福寺をはじめ深川寺町の東側に当たり、町内の住人からは単に、

「寺裏」

と呼ばれる一帯だ。

磬音は手に下げていた備前包平《びぜんかねひら》二尺七寸（八十二センチ）を腰帯にぐいっと差し込みながら、脳裏に浮かぶ悪夢を振り払った。

捕らわれた幸吉が大葛籠に入れられていることは確かだろう。それをわざわざ町中から大川を渡った寺裏まで運んだ。

（まさかそのようなことはあるまい）

磬音と竹蔵親分、それに手先たちがそっと石段を上がると、大きく傾《かし》いだ高麗門《こうらいもん》が姿を見せた。どこかの旗本家が抱え屋敷に使っていたものか、無人になって何年も過ぎたことは明らかだった。

「こんなところにこんな屋敷がありましたか」

縄張り内と言った竹蔵も知らない屋敷だという。

潜り戸を開けると、荒れた庭と屋敷が月明かりに浮かんだ。

先に敷地に入った竹蔵が足を止めて、

「坂崎様」

と潜み声で言った。

磬音はすでに見ていた。破れた雨戸の向こうに覗《のぞ》く障子に、ぼおっとした灯りが点《とも》っていた。

竹蔵が手先たちに無言のうちに手配りした。裏手に回らせたのだ。門のそばに磐音と竹蔵だけが残り、間合いを計って灯りに近づいていった。

「おれをどうする気だ」

どこか不安そうな幸吉の声が響いた。

「どうするかな。厄介なことになったぜ」

「おめえのせいで娘さんが身投げしたんだぞ。これ以上、悪さをしてみろ、獄門は免れねえぞ」

「うるせえ、小僧！」

「小僧じゃねえ。宮戸川の幸吉だい」

磐音と竹蔵が縁側下で顔を見合わせ、雨戸の間から縁側に飛び上がり、さらに障子を引き開けると、

「早変わりの定九郎、御用だ！」

と竹蔵親分の声が響き、破れ畳の上で茶碗酒《ちゃわんざけ》を飲んでいた定九郎が立ち上がりかけて、
ぺたり

と腰を落とした。

その顔にはどこか安堵の表情も窺《うかが》えた。

そこへ裏口から手先たちが飛び込んできて、定九郎に縄をかけた。

後ろ手に縛られた幸吉は大葛籠に繋《つな》がれていたが、

「浪人さん、助けに来ると思ったぜ」

とこちらもほっとした声を洩《も》らした。

磐音が無銘の脇差《わきざし》一尺七寸三分（五十三センチ）で縄を切ると幸吉が立ち上がった。

その頰《ほっ》ぺたを、
ばちん
と磐音が思いきり殴りつけた。

「甘えるでない！　そなたは宮戸川に奉公に出たのではなかったか。いつから竹蔵親分の向こうを張って御用聞きの手下《てした》になった。鉄五郎親方、親父どの、母上、おそめちゃんたちがどれほど心配しておるか、考えてもみよ！」

いつもは優しい磐音の火を吐くような叱声《しっせい》に幸吉が、
わあっ

と泣き出し、

「浪人さん、ごめんよ、ごめんよ」

と謝った。

その体を磐音は黙って抱き締めた。

第二章　仲之町道中桜

一

江戸の町に桜の便りが聞かれるようになった日の昼下がり、磐音は浮世絵師北尾重政の描いた『白鶴吉原花模様』を見せられた。

「どうです、辺りを払う美しさでしょう」

さも得意そうに広げているのは、両国東広小路で「金的銀的《きんてききぎんてき》」という楊弓場《ようきゆうば》を営む朝次《あさじ》親方だ。むろん朝次は、磐音と白鶴こと小林奈緒が許婚だったことなど知るよしもない。

見せられた絵の背景には桜の花びらが敷き詰められたように描かれ、その花びらから白鶴の憂いを含んだ清雅な半身が浮き上がっていた。

眩しいほどの﨟長《ろうた》けた美しさから、宿命に耐える白鶴の哀《かな》しみが伝わってくるようであった。

「坂崎さんはご存じなかろうが、この白鶴はね、一年も前に吉原に乗り込んで三千人の遊女の頂に立った花魁だ。こいつはさ、稀有《けう》といっていい出来事ですぜ。私がもう少し若けりゃあ、白鶴とひと苦労するんだがねえ」

と珍しく朝次が興奮するところに、「金的銀的」の常連客らしい職人が通りかかり、

「親方、だらしねえ姿をおすえさんに見つけられてみねえ。三、四日は口も利《き》いてもらえねえぜ」

と冷やかした。

「浮世絵を見たくらいで女房が悋気《りんき》するようなら、江戸じゅうの亭主が口を利いてもらえないよ」

「まったくだ」

道具箱を肩に担いだ職人は足を止めて、

「親方、まずは今度の入れ札、一、二位を争うのがこの白鶴か三浦高尾だろうぜ。親方の贔屓は白鶴らしいな」

「私はこの楚々《そそ》とした風情が堪《たま》らないよ」

「白鶴も捨てがたいが、おれは三浦高尾の貫禄だな。明和、安永と吉原の屋台骨を背負ってきた太夫の貫禄はまず揺るぎねえところだ」

磐音は白鶴の絵を見せられ、複雑な気分で両国橋を渡った。

今日は別府伝之丈、結城秦之助と日本橋の若狭屋で待ち合わせて、豊後関前から入る正徳丸の荷下ろしの前相談をすることになっていた。

その前に今津屋に立ち寄ろうと両国橋を渡ったのだが、米沢町の今津屋には向かわず、大川右岸を薬研堀《やげんぼり》へと下り、武家屋敷を抜け、村松町から入堀を渡って、古着屋が軒を並べる富沢町を突っ切り、本船町に出ることにした。

奈緒がどんどん磐音の手を離れて、別の女になっていく。

そのことは、奈緒の影を求めて肥前《ひぜん》長崎から豊前《ぶぜん》小倉、長門《ながと》の赤間関《あかまがせき》、京の島原《しまばら》、加賀の金沢と遊里を探し歩き、江戸でその影を捉《とら》えたときに諦《あきら》めていたはずだった。

だが、奈緒の、いや白鶴の絵を見せられると、磐音の鎮まっていた胸が立ち騒いだ。

(坂崎磐音、未練がましいぞ)

己を叱咤《しった》してみた。だが、想い女《びと》の面影は磐音の脳裏に新たに刻み込まれてしまった。磐音は歩きながら、

ふーう

と深呼吸をした。そして、白鶴の幻影を無理やり追い払い、豊後関前藩が六万石の体面をかけて送り込む正徳丸に考えを集中しようとした。

若狭屋の前に辿りつく頃、磐音は平静さを取り戻していた。

すでに伝之丈と秦之助は来ていて、

「坂崎様、ご足労をおかけします」

「過日は馳走になりました」

と若狭屋の店先から少し離れた堀端から声をかけてきた。

「若狭屋には入っておらなかったのか」

「坂崎様の到着を待って三人で訪ねるほうがよいのではと、ここで待っておりました。陽気がよくなりまして、江戸が一層華やかに見えます」

気の短い魚河岸の兄さん方に、

「日本橋の架《か》かる川なんて長い名で呼べねえ、『日本橋川』で十分だ」

と呼ばれ始めた日本橋川を往来する無数の舟に秦之助が視線をやった。

日本橋が弧を描いて川の両岸を結び、その後ろには千代田の城が望め、さらに御城の南側遠くに雪を残した秀麗な富士山が見えた。

「春だな。この分ならば正徳丸も一両日中に江戸に姿を見せよう」

三人は江戸の町を一瞥《いちべつ》して若狭屋へ向かった。

「おう、来られましたか」

番頭の義三郎が三人を迎えた。

「番頭どの、摂津湊からの早飛脚で近々江戸の内海に到着いたすとの知らせが入りました。そこでわれら三人打ち揃い、最後の打ち合わせに参じました」

伝之丈が緊張の面持《おもも》ちで来訪の口上を述べた。

「それはご丁寧に」

と鷹揚《おうよう》に笑った義三郎は、

「船が佃島《つくだじま》沖に碇《いかり》を下ろしたという知らせが入り次第、すぐに荷船を向かわせます。うちでも手筈《てはず》は整えておりますでな」

と言って義三郎が言葉を切った。

「番頭どの、なんぞ心配がござるか」

磐音が義三郎の顔色を読んで訊いた。

「いえね、このところ紀州灘から遠州灘にかけて春嵐が吹き荒れましてな、上方から江戸に入る船の到着が遅れております。荷を海に捨ててやっとの思いで江戸に辿りついた弁才船が昨日今日とございます。悪い話がなければよいがと、魚河岸では心配しております」

「そのようなことが……」

伝之丈が言葉を失った。

義三郎が慌てて、

「いえ、皆が皆さような目に遭ったという話ではございませんから、あまりお気になさらないように」

と取り繕《つくろ》った。

秦之助の顔色も変わっていた。

さすがに日本諸国から海産物を買い付ける若狭屋では、豊後関前藩江戸屋敷よりも詳しい情報を持っていた。

「坂崎様、まさか正徳丸が遭難するなどの気遣いはありませんよね」

秦之助が救いを求めるように磐音の顔を見た。

「秦之助、ここでいらぬ心配をしてもしようがあるまい。われらは正徳丸が安着することを予定して動く、それだけのことだ」

「まったくさようにございますよ。船の遅れや遭難を一々気にしていたのでは、この商売は成り立ちません」

義三郎は若い二人の狼狽《ろうばい》ぶりを諭《さと》すようにそう言った。

磐音もその言葉に頷いたが、内心は、

（何事もなければよいが……）

と念じていた。

借上げ弁才船正徳丸の荷を江戸に運び込み、若狭屋の手に届けるまではすべて豊後関前藩の責任であった。

若狭屋はその荷を見て、買い上げの値を決めるのだ。危険も大きいが、うまく運べば利潤も大きい。

国家老の坂崎正睦はそのことに賭けて第一船を船出させていた。

もし正徳丸が積荷の一部を海に流すようなことがあれば、あるいは正徳丸が遭難するようなことがあれば、豊後関前の物産を一括して藩物産所が買い上げ、大消費地の江戸に送り込む策が、最初から崩れることになる。そればかりか、藩の借財はますます増え、正睦が腹を切る羽目に陥らないとも限らない。

それに正徳丸にはこたびの藩物産所の総責任者、中居半蔵も同乗していた。

(なんとしても無事江戸に入ってくれ)

そんな思いを抱きながらも、磐音らと義三郎は最後の打ち合わせを終えた。

若狭屋を出た伝之丈が、

ふーうっ

と吐息をつき、

「明日から佃島《つくだじま》沖に舟を出して正徳丸の到着を待ちます」

と険しい顔で言った。

「ならば、佃島の船着場近くに中居様の知り合いの魚料理の店がある。漁師の鵜《う》吉《きち》どのと女房のおはるどのが開く、江戸前の魚を食べさせる店だ。そこを見張所に使わせてもらうとよい。中居様なら必ずその店の沖合いに停泊を命じられようし、小舟で待ち受けるより確かであろう」

と磐音は二人に告げた。

「はい、そういたします」

伝之丈と秦之助とは、若狭屋の前で別れた。

その帰途、今津屋に立ち寄った。

「後見、そろそろ顔をお見せになる頃かと思うておりましたよ」

老分番頭の由蔵が眼鏡《めがね》越しに磐音に言いかけた。

磐音が後見と呼ばれるには理由があった。

今津屋の内儀お艶が病に倒れて実家の伊勢原にあったとき、主の吉右衛門が江戸を離れて看病したことがあった。

主不在の今津屋では由蔵を中心に商いを続けたが、そのとき、由蔵の話し相手に磐音がなった。以来、今津屋では、

「後見」

と呼ぶ習わしが生じた。

「なんぞ御用がございますのか」

「なあに、店はいたってのんびりしておりますよ」

由蔵が店先を見回した。

のんびりと評した店には相変わらず為替《かわせ》の客やら兌換《だかん》の男たちが詰めかけ、込み合っていた。これが江戸六百軒の両替商の筆頭、両替屋行司の今津屋の変わらぬ風景だ。

「お国からそろそろ船が着いてもよい頃かと思いましてな」

「そのことで若狭屋どのに伺って参りました」

「浮かぬ顔ですが、なんぞ心配ですかな」

さすがに生き馬の目を抜く江戸で、しかも何百両、何千両の商いを束ねる大店《おおだな》の大番頭である。たちどころに磐音の顔色を読んで訊いた。

「若狭屋の番頭どのが、紀州灘から遠州灘にかけて春嵐が吹き荒れ、荷を流す船が出たと話されたものですから」

「阿波《あわ》から藍玉《あいだま》を運ぶ千石船が遠州灘沖で横波を食らい、沈みました。廻船問屋が頭を抱えておりますよ」

「やはりそのようなことが……」

「まあ、老練な船頭ならば風待湊で嵐が鎮まるのを待ちましょう。関前藩の荷は腐るものではありますまい。ここは肚《はら》を据えて、船が江戸の内海に碇を下ろすのをお待ちになることです」

と由蔵が磐音に言い、自ら立って台所に向かった。

磐音もその後に従った。

「あら、坂崎さん、幸吉さんはどうしてるの」

おこんがまず幸吉の身を心配した。

「今のところは殊勝に小僧を務めています」

釣り銭騙りに遭った幸吉は、自ら早変わりの定九郎を捕まえ、三分の金を取り返さんと、書き置きを残して宮戸川を出た。

釣り銭騙りが扮装を変えることに着目し、浅草奥山の芝居小屋に狙《ねら》いをつけたところまでは正解だったが、無用心にも定九郎の近くに寄りすぎて、厩新道近くで定九郎に囚《とら》われていた。

地蔵の竹蔵親分と磐音はその足跡を追って幸吉を助け出し、定九郎をお縄にすることができた。

あの後、磐音は、勝手に店を出た幸吉を連れて宮戸川に向かった。

鉄五郎親方も女房のおさよも幸吉の姿を見ると、

「ああ、よかった」

「わたしゃ、どうなるかと思いましたよ」

と安堵の胸を撫《な》で下ろした。

磐音は幸吉を親方夫婦の前に正座させた。

「親方、おかみさん、奉公人にもあるまじき行いにござるが、こたびのことには目を瞑《つむ》り、奉公を続けさせてもらえぬか。このとおりにござる」

　幸吉に頭を下げさせ、磐音も平伏した。

「ちょ、ちょっと、坂崎さん、おめえさんに額を擦《こす》り付けられるとあっしも挨拶のしようがねえ。頭を上げてくだせえ」

　と二人の頭を上げさせ、

「幸吉、坂崎さんのお顔に免じて今度の一件は忘れてやる。二度と勝手な真似をするんじゃねえぞ」

　と厳しい顔で宣告し、一件落着した。

「ともかく幸吉さんが明神屋の娘さんみたいなことにならなくてよかったわ」

「まあ、こたびのことで幸吉どのは、奉公とはどのようなものか身をもって知ったようだ。いい薬になろう」

「それならばまずめでたしめでたしだ」

　と由蔵が言い、

「そういえば絵師の北尾重政が、坂崎様に会いたいと長屋を訊きに来ましたよ。おこんさんと相談して、金兵衛長屋を教えました」

「なんでしょう」

「はて」

と由蔵が首を捻り、

「描かせてくれと懲りずに頼んで、おこんさんにこっぴどく断られておりましたよ」

と言って笑った。

「私は嫌よ。艶本《つやぼん》を描く絵師なんかに絵を描かせるものですか」

おこんが言い切った。

「そうか、おこんさんは秘画を描く北尾重政を嫌っていなさったか」

由蔵がようやく納得したように言った。

浮世絵師、本名左助《さすけ》、紅翠斎《こうすいさい》、花藍《からん》こと北尾重政は、錦絵が少ないゆえに不当に評価の低い絵師であった。

だが、その画業は紅摺《べにず》り絵時代の宝暦から文化年代の四十年余の長きにわたり、黄表紙の挿絵から秘画と幅広い活躍をしてきた。

おこんはその秘画を見たわけではなかった。男女の交合の姿態を描く絵師の北尾重政のことをどこかで聞き知り、嫌ったようだ。

磐音はそのことを知らなかった。

『雪模様日本堤白鶴乗込』と『白鶴吉原花模様』を見るかぎり、北尾の筆は奈緒の気高いまでの端正さを描き、品位を感じさせて好感を持っていた。

反面、そのことが浮世絵師北尾の評価を、

「色気に乏しいうらみ……」

と不当に低いものにしていた。

その反動であろうか、男女の官能の瞬間を活写して、秘画艶本の世界では北尾重政の名を不動にしていた。

ともあれ、当時の北尾重政は両国界隈から上野浅草と転々と住居を移しながら、己の画業に邁進《まいしん》していた。

その北尾が磐音に用事があるという。

おこんが由蔵と磐音の前にお茶と桜餅を出した。

「坂崎さん、明日の宵には吉原で入れ札があるのよ」

「そうか、安永の太夫が決まるのは明日でしたか」

と由蔵が応じて、

「私は、奈緒様がお幸せになる入れ札となってほしいと願うだけですよ」

と磐音の気持ちを代弁した。

「老分さん、ちょいとお店に」

支配人の和七《わしち》が呼びに来たため、由蔵は桜餅に心を残しながらも台所から店に戻った。

磐音は桜餅を手にした。だが、思わず、
ふーっ
と溜息《ためいき》をついていた。

「なにを考えているかあててみせましょうか」

「おこんさん、それがしはなにも考えておらぬ」

「そうかしら」

磐音は気を取り直すように桜餅を食べると、

「六間堀に戻ります。おこんさん、なにか金兵衛どのに届けるものはござらぬか」

と訊いた。

「帰るの」

「帰ります」

「奈緒様はお幸せね、これだけ坂崎さんに想われて」

なにか答えかけたものの磐音はそのまま口を噤《つぐ》み、立ち上がった。


磐音は両国橋を西から東へと渡ると、新大橋まで大川端左岸を下る道を選んだ。水戸様の石置き場から御船蔵を右手に見ながら、新大橋まで下った。そして、御《お》籾蔵《もみぐら》の南側の道を六間堀へと出た。

道の向こうに六間堀の柳が風に揺れているのが見え、猿子橋の上に一人の絵師が立って、六間堀の光景を写生していた。

北尾重政だ。

「北尾どの、お待たせいたした」

振り向いた北尾が、

「なんの、こっちが勝手に押しかけたんです」

と答えた。

「それがしに用事と今津屋で申されたようだが」

「用事というほどのこともありませんや。ただ、おこんさんに言付けるわけにはいかないものでね」

北尾重政は懐に差し込んだ薄い紙包みを出すと、

「あなたには世話になったままで礼も言ってない」

と突き出した。

北尾重政は今度の入れ札に絡んで多くの妓楼から抱えの花魁の浮世絵を頼まれたが、その大半を断っていた。

北尾に断られた妓楼の主がそのことを恨《うら》みに思い、刺客まで頼んで北尾を懲らしめようとした。

そのとき、磐音が北尾に扮して刺客を待ちうけ、斃《たお》していた。

それほどに、今度の太夫入れ札は過熱していたともいえる。

「世話というほどのことはしておらぬが、なんでございましょうな」

突き出された紙包みを磐音は取った。

「お節介かもしれませんが、この絵をあなた以上に大事にされる方はあるまいと思いましてね」

磐音は北尾に視線を向けた。

「嫌ならば火にくべてください」

と言うと、猿子橋から磐音が辿ってきた御籾蔵の道に行きかけ、

「白鶴花魁は、陰で自分を支えている御仁のことを承知しておられますよ」

「…………」

「私が艶本に描く男と女は肉欲では満足かもしれません。だが、あなたと奈緒様ほどの恋の真実《まこと》は感じちゃいない。それだけは、この北尾重政が請け合いますよ」

北尾重政が遠く大川端まで歩き去るのを、磐音は橋の上に佇《たたず》んだまま眺めていた。

二

何年ぶりかで、磐音は許婚の奈緒に会っていた。

それほどまで北尾重政が描いた絵は遊女白鶴の顔ではなかった。髪を花魁髷《まげ》の横兵庫《よこひょうご》にも立兵庫にも結い上げていなかったし、化粧もしていなかった。装われた遊女の笑みもなく、素顔を見せていた。

奈緒が磐音の前で時折り見せた含羞《はにかみ》を含んだ笑みが、自然にこぼれる瞬間を活写していた。

(奈緒……)

磐音はじっと絵を見つめていた。

それしかできぬ磐音であった。

（奈緒、そなたとともにこの世を生きような）

そう己に言い聞かせた磐音は、北尾が描いた絵を三柱の友の位牌《いはい》の横に置いた。

鰹節屋《かつおぶし》から貰ってきた箱の上に手作りの位牌があった。

河出慎之輔《かわでしんのすけ》、舞《まい》の夫婦、小林琴平《きんぺい》の三人だ。

奈緒は舞の妹であり、磐音と祝言《しゅうげん》を挙げるばかりになっていた。

それが藩騒動に絡み、三人の友が亡くなり、奈緒は自ら苦界《くがい》に身を投ずる羽目に陥った。そして、磐音は藩を離れ、江戸の深川で長屋暮らしを続けていた。

（慎之輔、琴平、舞どの、われらは現世では共に生きることはかなわなかった。あの世とやらで、私と奈緒の行く末を見守り続けてくれ）

磐音は三人の霊に祈った。ひたすら、祈り続けた。

そんな刻限、吉原ではいつもと違った熱気が、二万余坪の遊里の内にも外にも漲《みなぎ》っていた。

百五十余軒の引手茶屋を、吉原会所の若い衆二組が鍵《かぎ》のかかった箱を持って歩き回り、客たちが入れ札を投じた。

吉原通いの上客五百三十四人がそれぞれ一票を投じて、安永の太夫が決められるのだ。

吉原の内外には入れ札の権利など持たない男たちが群れて、

「おれは高尾に頼まれたんでよ、入れてやったぜ」

「羅生門河岸《らしょうもんがし》が馴染みのおめえに、入れ札の権利なんぞあるけえ」

「入れ札はどこで貰えるんだよ」

「馬鹿ぬかせ。引手茶屋が上々の客と認めた者しか貰えねえんだ」

「上客というが、いくら銭を落とせばいいんだい」

「そうだな、年に何十両、何百両という小判を落とす客だけの特権だ」

「くそっ、おはぐろどぶの臭いがする切見世《きりみせ》の客のおれじゃあ駄目ってことか」

などと姦《かしま》しく入れ札の行列を眺めていた。

そんな光景が七つ半（午後五時）過ぎから始められ、六つ半（午後七時）には二組が吉原会所に戻ってきた。

吉原の総名主、五丁町の頭分の月行司《つきぎょうじ》、主立った妓楼の主、引手茶屋の主人、書役《かきやく》たちが迎える中、会所の大広間に鍵のかかった箱が二つ運び込まれた。

畳の上には白い布が敷き詰められ、

「ただ今より入れ札の開錠をいたします！」

　という頭取《かしら》の四郎兵衛《しろべえ》の声で、若い衆に総名主から鍵が渡され、衆人が見守る中、錠前が解かれて蓋《ふた》が開けられた。

　若い衆が箱を逆さにして白布の上に入れ札を盛り上げた。

「ただ今より勘定に移ります。どなた様もとくとお確かめくだされ！」

　再び四郎兵衛の声が響いて、若い衆が手際よく入れ札を整理し始めた。

「三浦屋高尾、一票にございます」

　大座敷に唾《つば》を呑む音が重なった。

　見つめる妓楼の主が思わず立てた音だ。

　抱え女郎が松の位の三人の太夫に、せめて五人の控え太夫に選ばれれば、それだけで妓楼は客が増え、内所《ないしょ》が潤うのは間違いなしだ。

　力が入るのも無理はなかった。

「丁子屋白鶴、一票」

　こんどは、

「ほう」

　という嘆声が静かに響いた。

「松葉屋揚羽、一票」

「扇屋淡雪、一票」

淡々とした若い衆の作業が続き、段々に大きな入れ札の山が見えてきた。

「おい、三浦高尾と丁子屋の白鶴の争いだぜ」

「白鶴が三浦高尾を食うことになってごらんなさいよ。吉原開闢《かいびゃく》以来の出来事ですよ」

「たかだか一年余りの新参が、吉原遊女三千人の頂に立とうというのですからな」

低い声での会話の中、入れ札を数える作業は終わり、若い衆が今一度箱の底をその場の全員に見せて、入れ札が残っていないことを立会人に確認させた。

その上で分けられた入れ札の山が四郎兵衛らの前に運ばれ、勘定が始まった。勘定は複数の人間によって繰り返され、その結果が書役によって記録されていく。

入れ札を勘定し、確認する作業に半刻《はんとき》（一時間）以上も費やされた。

「長らくお待たせいたしましたが、ただ今より入れ札の結果を発表いたします」

大広間を重い静寂が支配した。

「まずは太夫三人の三番目、角町松葉屋の揚羽、八十五票にございます」

どうっ
というどよめきが起こった。

書役が大広間の鴨居に、揚羽の名と得た票数を書き出した紙を垂らした。

四郎兵衛は大広間が静まるのを待って、

「二番手は江戸町丁子屋の白鶴、百七十七票にございます！」

と張り上げた。

その声に、

「やっぱり高尾は強かったな」

という安堵の吐息が静かに流れた。

もはや一の位はだれにも分かっていた。

「松の位の筆頭太夫は京町三浦屋の高尾、百八十三票！」

白鶴と高尾の差はわずか六票だった。

四郎兵衛は、
どどどーっ
と改めて興奮に沸く大広間を眺め回し、総名主と月行司たちと何事か相談に入った。

その話し合いが長々と続き、四郎兵衛が再び座に着いた。

「ちょいと皆様にご相談がございます」

「松の位の太夫三人は決まりました。が、問題は控え太夫にございます。高尾太夫、白鶴太夫、揚羽太夫の三人が合わせて四百と四十五票をとりましてございます。残りの入れ札はわずか八十九票にございます。揚羽に続く四の位の花魁の入れ札は十二票、五の位は九票と、あまりにも三太夫とかけ離れてございます。これでは控え太夫五人を選ぶのはちと無理、選ばれた五人の名に差し障《さわ》りもありましょう。こたびは、控え太夫五人は見送りということで、総名主と月行司と話し合いましてございます。異論はございませんか」

重苦しい沈黙が会場を満たした後、一人の妓楼の主が、

「かような結果では致し方あるまいな」

と諦め口調で言い、大勢が賛同の態度を示した。

「この結果、松の位の筆頭太夫が高尾、二の位が白鶴、三の位が揚羽に決まりましてございます！」

四郎兵衛が宣告するように言い、安永の太夫選びが決着した。

この結果はすぐに会所の前、大門脇の高札場《こうさつば》に張り出された。

その瞬間、花の吉原が物凄《ものすご》い歓声に揺れた。

「聞いたか、さすがに三浦高尾だねえ。松の位の一番手に選ばれたぜ」

「いや、そいつは驚かねえ。それよりわずか六票差で丁子屋の白鶴が入ったことだ。新参も新参の花魁が吉原三千人の二番手だぜ」

「あの楚々とした美しさは、この世のものとも思えねえからな」

「明日の三人太夫の仲之町の道中が楽しみだねえ。留公、来るかい、明日もよ」

「あたぼうよ、贔屓のおれが来ねえでどうする。白鶴が泣くぜ」

「留公、羅生門河岸の女郎が暗がりから手を振ってるぜ」

「ぬかしやがれ！」

吉原での太夫選びの結果は待ち受けていた読売屋に知らされ、工房に飛んで帰ってすぐに版木に彫る作業に入った。

磐音は翌朝いつもどおりに宮戸川の鰻割きの仕事に出た。

次平は磐音と同じ刻限に顔を見せていたが、松吉は仕事の刻限になってもなかなか姿を見せなかった。

二人が作業を続けているると半刻も遅れた頃合いに、松吉が、

「坂崎の旦那、次平じいさん、すまねえ。ちょいと野暮用で遅れちまったぜ」

と慌てて宮戸川の裏庭に入ってきた。

「松、白粉《おしろい》臭いぜ。また櫓下《やぐらした》で安女郎買いか。そのうち鼻がころりと落ちるぜ」

と次平に冷やかされた。

「馬鹿ぬかせ、じいさんよ。昨夜《ゆんべ》は、吉原でもてもてだ」

「西河岸の年増《としま》女郎にか」

「こきやがれ」

と自分の桶《おけ》とまな板の前に座った松吉が、

「吉原始まって以来の夜だったぜ、じいさん」

「おめえがもてたという話じゃあるめえ」

「昨夜よ、吉原に新しく三人の太夫が選ばれたんだぜ」

「それが、おめえとなんの関わりがあるってんだ」

「こちとら江戸っ子だぜ。吉原の花が決まろうってのに知らねえでいられるか」

「だれに決まった」

「松の位の筆頭は京町の高尾で、百八十三票だ。ところが二の位が凄《すげ》えや、丁子

屋の白鶴がなんと百七十七票を集めた。たったの六票差だ」

（ついに奈緒が、いや、白鶴が太夫の位に就いた）

　磐音の胸は静かな感動に包まれていた。

「三の位はだれだ」

「三番手がだれかなんてどうでもいいや。二人の半分にも満たないんだからな。ともかくよ、これから吉原は三浦高尾と丁子屋の白鶴の二人太夫の時代を迎えるぜ」

　昨夜の興奮の余韻を残して喋《しゃべ》る松吉に鉄五郎親方の雷が落ちた。

「松吉、仕事に遅れてきた挙句が、吉原の埒《らち》でもねえ話か。ちったあ、精出して働け！」

　いつもは大人しい鉄五郎の雷に首を竦《すく》めた松吉が、

「朝からでけえ雷が落ちたぜ」

と慌てて鰻を摑んだ。

　磐音は騒ぎの間も黙々と鰻割きを続けていた。

　徳川幕政下、唯一の官許の遊里、吉原の二の位の太夫となれば、もはや雲の上の存在だ。

奈緒との絆《きずな》はさらに細くなった。というより、奈緒が白鶴として吉原に乗り込んだときからすでに縁《えにし》の糸はぷっつりと切れていたのだ。

鰻割きの仕事を終え、鉄五郎と一緒に朝餉を摂《と》ったが、鉄五郎は一切、松吉がもたらした話を話題にしなかった。

鉄五郎は磐音の心中を察して、なにも知らない松吉を怒鳴りつけて口を噤ませた。その上、素知らぬ態度で磐音に接してくれていた。

磐音は宮戸川を辞去すると、いつものように六間湯に向かった。

その途次、泉養寺に立ち寄った。

本堂の前で合掌し、白鶴の幸せと息災を仏様に願った。

その後、境内《けいだい》の一角に聳《そび》える銀杏《いちよう》の大木の下で、腰の大小を抜いてかたわらに置き、座禅を組んで瞑想《めいそう》した。

磐音のざわついた心にゆるゆると落ち着きが戻ってきた。

磐音は立ち上がり、包平《かねひら》と無銘の脇差を腰に落とすと虚空の一点を見詰めた。

そのとき、磐音の心中は明鏡止水、透徹した心境を取り戻していた。

両足を軽く開き、右足を前に置いて、腰を落ち着けた。

右手はだらりと垂らされていた。

左手が鞘元《さやもと》と鍔《つば》を押さえた。

腰が滑らかに沈んで包平が抜き打たれた。

虚空に円弧を描いて白い光が走った。

光芒《こうぼう》は八双《はっそう》へと移り、前進しつつ、左に払い、右に薙《な》ぎ、真っ向から落とされ、さらには車輪に回された剣の峰に左手が添えられて体が、
くるり
と反転し、大帽子《きっさき》が、先ほどまで背後だった虚空へと突き出された。

その動きは水が流れるように滑らかで、どこにも引っかかりがなかった。

無念無想、自然のままに体と刃が混然として動き、流れ、虚空を斬《き》り割った。

磐音はおよそ一刻（二時間）ほど稽古に没頭して動き続け、止めた。

再び座禅を組んだ磐音は境内を騒がしたことを心の中で謝った。

磐音が六間湯で汗を流し、さっぱりとした顔で金兵衛長屋に戻ると、懐《なつ》かしい顔が木戸口に立ち、

「坂崎様」

と呼びかけた。

「おおっ、久しいのう。早足の仁助《にすけ》ではないか」

仁助は豊後関前藩の小者で、江戸と関前の間二百六十余里を、十二、三日で走り抜くことができた。その速さゆえに藩中では、

「早足の仁助」

で通っていた。

「お久しゅうございます。坂崎様にはご壮健の様子、ほっといたしました」

「そなた、実高《さねたか》様の江戸参府に同行して参ったか」

「はい、摂津湊までの水行は一緒でございましたが、摂津に上がって後、あっしひとり先行して、昨日江戸屋敷に到着してございます」

「実高様はお変わりないであろうな」

「はい、ございません」

だが、仁助の顔にはどこか不安が漂っていた。

「なんぞ厄介ごとか」

と訊く磐音に、

「まずご家老様と伊代《いよ》様からの書状を言付かって参りましたので、お渡しいたします」

と書状を二通差し出した。

「足労であったな」

磐音は父と妹からの文を両手で受け取った。

「坂崎様、正徳丸の行方にございます。摂津湊を十一日も前に出ております。紀州灘から遠州灘が荒れたということをあっしも道中で知りました」

「航海順調ならば四、五日前に到着していてもよいな」

「風の具合では摂津と江戸を三、四日で突っ走る船もございます。それがあまりにも……」

仁助は言葉を途中で呑み込んだ。

「仁助、この後、御用はあるか」

「いえ、ございません」

「ならば付き合うてくれぬか」

磐音と仁助はその足で大川端に出ると河口に下り、永代橋際から猪牙舟を雇って、佃島に渡ることにした。

佃島では別府伝之丈と結城秦之助が毎日、正徳丸の江戸入りを今か今かと見張っていたのだ。

「仁助、この間に文を読ませてもらうぞ」

磐音はそう断るとまず父親正睦の書状を披いた。文はいずれも慌てて認められたか短いものであった。

〈坂崎磐音殿　まず伊代の祝言無事に終わりしことを報告致し候。この一件は伊代から知らされよう。ゆえに敢えて触れぬ。

藩の物産を積んだ借上げ弁才船正徳丸をなんとか船出させるところまで漕ぎ付けた。おそらくこの文と相前後して正徳丸は江戸入りしていよう。後は関前の物産が江戸でいかなる卸値にて取引されるかに藩の命運掛かりおり候。中居半蔵が正徳丸に同乗して江戸入り致すが、取引はなんといってもそなたが頼みゆえ、よろしくお願い申し上げ候。第一船を送り出したわれらとしては、一日も早く吉報を受け取る日を待ち望みおり候。仔細《しさい》は中居より直接聞かれんことを願い上げ候。

正睦〉

と用件だけが書かれてあった。

伊代の文は、

〈兄上様　伊代は坂崎の家を出て御旗奉行井筒洸之進《いづつこうのしん》様の家に嫁ぎました。祝言の日取りは実高様の江戸参府ならびに正徳丸の船出に重なり、慌ただしい最中のことにございました。ですが、関前藩の藩財政が窮乏を極めるこの時に祝言を挙げることができました伊代は幸せ者にございます。

兄上からの贈り物である加賀友禅にも、式の当日着替えましてございます。

改めて御礼申し上げます。

さて、夫の源太郎《げんたろう》様は急遽《きゅうきょ》実高様のご近習《きんじゅ》として、こたびの江戸参府に同行が決まり、祝言の後、慌ただしくも、参府の仕度をいたすことと相なりました。

源太郎様は兄上との面会を楽しみにしておると繰り返し伊代に申されて、屋敷を出られました。どうか兄上、源太郎様とご面談の上、親しくお話しいただきたく、伊代からもお願い申し上げます〉

とあった。

磐音は伊代の祝言が無事に済んだことを喜びつつも、豊後関前藩が藩財政の回復策として送り出した正徳丸の遅延をいよいよ不安に思った。

「坂崎様、佃島の船着場にございます」

仁助の言葉に磐音が顔を上げると、船着場をうろうろとする伝之丈と秦之助の姿が見られた。

三

「伝之丈、秦之助、正徳丸はまだ現れぬようだな」

磐音の呼びかけに驚いた二人が漕ぎ寄せられる猪牙舟を見て、船着場に走ってきた。

舳先が船着場の杭《くい》を擦《こす》り、猪牙舟が止まった。

仁助が船着場に飛び移り、磐音は船賃を支払った。

「別府様、結城様、お久しぶりにございます」

仁助が二人に挨拶をすると、

「仁助、参府に同行して参ったか」

と伝之丈が、藩騒動の折り、一緒に働いた仁助に問いかけた。

「はい、またお世話になります」

伝之丈と秦之助が頷き、

「坂崎様、朝方から次々と悪い知らせが入ってきまして、われらもやきもきいたしております」

「悪い知らせとはなにか」

「荷を積んだ下り船が数隻難破したとか漂流しておるとか、そのような知らせが相次いでおります」

頷いた磐音は、

「上方から最後に到着した船はどれか」

「はい、今朝方、越中島沖に畳表を積んだ五百石船が到着しました」

「ならばその船頭に嵐の様子を訊いてみようか」

秦之助が船の手配に走った。

漁師舟に乗った四人は、畳表を備前から運んできたという五百石船に横付けした。

春嵐をなんとか掻《か》い潜って江戸に到着した船のあちらこちらが傷《いた》み嵐の激しさの跡が見られた。折れた弥帆柱《やほばしら》を修理する水夫《かこ》たちが漁師舟を見下ろした。どの顔も無精髭《ぶしょうひげ》が伸びて疲れ切っていた。

「なんぞ用事かえ」

袖無しを着込んでその上に帯を締めた四十がらみの男が磐音たちに問いかけた。

「船頭どのか」

「ああ、おれが主船頭だ」

「摂津湊を出られたのはいつのことだな」

「摂津湊には立ち寄ってねえだ。備前竜野《たつの》から淡路《あわじ》の北を通り、紀伊水道を抜けて紀州灘に出た」

「竜野を出られたのはいつのことだな」

「十三日も前かねえ。紀伊水道に入ったあたりから突風に吹かれてよ、紀州灘に辿りついたときには、引きも進みもできねえ強風でこの有様だ。荷は水を被《かぶ》るわ、船は壊れるわで、えれえ目に遭ったな」

と顎《あご》を撫でた主船頭が、

「命があっただけでも運がよかったな。それくらいの嵐だったぜ」

「わが藩の雇船が同じ頃、摂津湊を出たのだが、まだ到着せぬのだ。そなた方は正徳丸という船を見かけてはおらぬか」

伝之丈が訊いた。

「お侍さんよ、嵐に揉まれてみねえな、他人《ひと》の世話どころじゃねえぞ。われが生き残るのに必死でよ」

と答えた主船頭が、

「船の荷はなんだな」

と訊いた。

「海産物だ」

「われとおなじ道を辿るしか、江戸入りはできめえな。船倉に波を被るか、荷を捨てるか」

「風待湊に逃げ込むことはないか」

「荷主から一刻も早く江戸に届けろと命じられているのがわれの務めだ。それにあの風の中、風待湊に避難するほどの余裕があったかのう」

主船頭はそう言うと遠く江戸の内海の入口に視線をやり、

「二、三日内に姿を見せねば、覚悟なされたほうがいいのう」

と無情にも言った。

磐音たちが乗った漁師舟は五百石船の舷側《げんそく》を離れて、佃島に向かった。

「坂崎様、いかがいたしましょう」

秦之助がいよいよ不安に染まった表情で訊いた。

「伝之丈、秦之助、正徳丸の運を信じることだ」

そう言いながらも、磐音は父正睦や中居半蔵のことを脳裏に思い描いた。

（なんとしても生き抜いてくれ）

「伝之丈、秦之助、そなたらは今日から鶫吉どのの家に泊めてもらうがよい。昼夜を分かたず正徳丸の入湊を待つのだ」

磐音は二人の行動を藩の上司に伝えるよう仁助に頼んだ。

佃島の船着場に戻った四人は夕暮れまで待った。

だが、正徳丸が姿を見せる様子はなかった。それどころか下り船一隻とて到着しなかった。

「坂崎様、正徳丸が難破でもすることがあったら藩はどうなります」

「さて……」

その後の言葉を磐音は呑み込んだ。

先の借財の他に多額の負債が増えることになる。

その責めを真っ先に負わねばならぬのは坂崎正睦だった。次いで中居半蔵が……。

「悪しきことを考えるのはよそう。ここは肚を据えて正徳丸の奇跡を願おう」

「はい」

と答えた二人の若者は沈鬱《ちんうつ》な面持ちだった。

「正徳丸には中居様も乗っておられる。江戸に安着することを信じて待とう。ここは慌てず、気落ちせぬことだ」

磐音の励ましに二人は無言で頷いた。

磐音と仁助は島に二人を残し、佃島から出る終《しま》い舟に乗った。

船着場では伝之丈と秦之助がいつまでも立ち尽くして渡し舟を見送っていた。

翌日になっても正徳丸は佃島沖に姿を見せなかった。

その代わり、ぼろぼろになった千石船が二隻相次いで到着した。その船も荷を捨てて船を助けたのだった。

磐音は宮戸川の仕事の後、佃島に渡って別府伝之丈、結城秦之助と一緒に待ったが、その日も無駄だった。


その夕暮れ前、吉原の仲之町は遊客や野次馬で溢れ返っていた。

新しく選ばれた三人太夫が、仲之町筋を大門前までお披露目《ひろめ》の花魁道中をするのだ。

その道中を一目見ようという男たちの群れだった。

込み合ってざわつく遊里の大門から水道尻《すいどじり》に道が一筋伸びていた。

花魁道中の舞台である。

七軒茶屋をはじめ、鬼簾《おにすだれ》と花色暖簾《はないろのれん》がかかった引手茶屋の二階には、贔屓の太夫を一目見ようと嫖客《ひょうかく》が酒肴《しゅこう》の膳を前に今か今かと待ちうけていた。

仲之町に男衆が現れ、拍子木を三度繰り返して打った。すると騒然としていた見物が一瞬静まった。

静寂の中に流れてきたのは三絃の響き、清掻《すががき》だ。

その物憂いような、哀調を帯びた調べが男たちのざわついた胸を鎮めた。

あちらでもこちらでも吐息が洩れた。

宵闇《よいやみ》が迫り、仲之町の引手茶屋の軒の雪洞《ぼんぼり》に灯火が入った。

すると角町から箱提灯《はこぢょうちん》を提げた若い衆が姿を見せた。

松葉屋の定紋が大門に向いて、

「揚羽太夫の道中だぜ」

という声が洩れた。

禿《かむろ》が二人、姿を見せて、

「揚羽太夫の道中にございます！」

と絹を裂くような声を張り上げた。

揚羽の二枚の長襦袢《ながじゅばん》、三枚の小袖は一《ひと》つ前《まえ》に重ねられ、前帯が締められていた。その上に、

「四季折々の花爛漫」

の光景を染め出した絢爛《けんらん》たる、

「仕掛け（打掛け）」

が二枚重ねに羽織られていた。

新造《しんぞう》を従えて長柄傘《ながえがさ》を差しかけられ、外八文字に艶やかに歩く揚羽の風情に男たちが息を呑み、

「さすがは松葉屋の揚羽だねえ。えもいわれぬというが、まさにこの光景だぜ」

と嘆息した。

花魁道中とは、妓楼を出て仲之町まで出向いて客を迎えることである。それを旅に見立てて道中と呼んだのだ。

大勢の男たちの視線を一身に浴びて進む道中を、茶屋の二階から写生する北尾重政の姿があった。

北尾の視線はただ一点、揚羽の挙動に向けられていた。

道中を終えた花魁は贔屓の引手茶屋に行き、その茶屋の前で見世を張った。こ

れを、

「仲之町張り」

と称した。

馴染みの客を仲之町張りで待つのは、花魁道中と同様に太夫の特権であった。

だが、この宵は格別、揚羽は大門前の待合ノ辻でくるりと向きを変えた。

揚羽の体から香の匂いが流れて、男たちが溜息を洩らした。

そのとき、再び拍子木が仲之町に響いた。

京町と江戸町に男たちの視線が移った。

二つの通りは仲之町をはさんで対角に、京町一丁目は奥の右手、江戸町二丁目は大門近くの左に入口を持っていた。

江戸町から鶴を描いた箱提灯二つの灯りが現れると、白の長柄傘を差しかけられた白鶴が姿を見せた。

白鶴は乗り込みと同じ純白の絹衣装に包まれて、髪は勝山髷《かつやままげ》に結い上げていた。

だらりと垂れた前結びの帯も真っ白で、白鶴が飛翔する図が縫《ぬ》い込まれていた。

白一色の衣装に白鶴の覚悟が見えた。

細身の白鶴からは、手で触ればもろくも崩れるような透《す》き通った美しさが静かに漂っていた。

仲之町の奥に向かって外八文字に歩く白鶴の足がふいに止まった。

京町から、太夫選びの松の位の一位を得た三浦高尾が姿を見せたのだ。

こちらは黒衣装の仕掛けを羽織り、その下の小袖、長襦袢は緋色《ひいろ》だ。

黒と緋の対照がなんとも妖《あや》しげだった。

耽美《たんび》を湛《たた》えた顔は見る男の心を鷲掴《わしづか》みにした。

仲之町の中ほど、揚屋町の辻で、

「白の太夫と黒の太夫」

の衣装が鉢合《はちあ》わせしたとき、丁子屋白鶴と三浦高尾の視線が交わった。

嫣然《えんぜん》とした笑みが交わされ、白鶴が、

「三浦屋高尾太夫に申し上げます。お道中の後先、どちらにて高尾様のお供を務めましょうか」

と訊いた。

白鶴は最高位の高尾に敬意を表して、花魁道中の供を務めると問うたのだ。

「白鶴様、さような斟酌《しんしゃく》は無用にございます。ともに安永の太夫に選ばれた者同士、仲良く道行いたしましょうかな」

高尾が貫禄を見せて白鶴に誘いかけた。

「おう、聞いたかえ、二人の掛け合いをよ」

「いずれ菖蒲《あやめ》か杜若《かきつばた》。白鶴の清純、高尾の貫禄、吉原に咲いた大輪の花二つだねえ」

「二人の花魁が長柄傘を差しかけあい、道中する姿は見物だぜ」

仲之町に嘆声と吐息が重なり、それが大きなどよめきになって通りを揺らした。遊里の一角から一棹《ひとさお》の清搔が響いた。するとそれに呼応するように何棹もの三絃が合わせた。

風が吹き、仲之町の桜の枝から花びらが舞って、大門に向かって歩きだした二つの道中に降り掛かった。

引手茶屋の客たちが小判や一分金を包んだ紙花を撒《ま》いた。それが桜の花びらと混じって仲之町の通りを埋めたが、だれも見向きもしなかった。

北尾重政はひたすら白の太夫と黒の太夫の風情を描き続けた。

磐音と伝之丈、秦之助の三人は佃島の鵜吉に頼んで、江戸内海の入口付近の観音崎付近まで舟を出し、正徳丸が姿を見せるのを待ち続けた。

そんな日が二日、三日と続いた。

その日の昼下がり、潮をかぶった樽《たる》廻船が、僚船に伴われてよたよたと観音崎を回ってきた。

三人は黙したまま、難航を強いられた船影を追った。

樽廻船の艫《とも》には、虚脱したような船頭と水夫の姿があった。

「あの船には布海苔《ふのり》を積んでいたんで、積荷の大半を海に流していましょう。船倉に残った海苔もまずは売り物になりますまい」

磐音たちは鶴吉の言葉に答える術《すべ》もなかった。

命は助かったとしても、損害を考えると消沈するのも無理はなかった。

磐音たちはその光景をわがことのように見守った。

「中居の旦那は強運の持ち主にございますよ。摂津から江戸に何十日もかかって姿を見せた船もございます。ここは辛抱のしどころですぜ」

鶴吉が慰めたが、磐音たちに返答する余裕はなかった。

磐音の脳裏には藩物産所に集められた海産物の買入れ値、正徳丸の雇船賃などが浮かんだ。それに参勤交代の出費もあった。

豊後関前の借財がどれほど膨らむか、想像もできなかった。

正睦が腹を切って済むことではなかった。だが、第二船を出帆させるためには
どれほどの金子を用意すればよいか。

さらにそんな考えが磐音の頭をよぎった。

「坂崎様、そろそろ佃島に戻る刻限にございますよ」

鵜吉が遠慮がちに言い出した。

「今日も駄目であったな」

磐音が力なく答えたとき、伝之丈が、

「帆が見えます」

と観音崎を回る小さな船影を指した。

西に傾いた日に膨らんだ帆が見えた。

「千石船か」

「三十五反帆ですぜ。千石船だ」

磐音の問いに遠目が利く漁師の鵜吉が答えた。

鵜吉は佃島に向けた舳先を再び巡らした。

帆を大きく膨らました千石船は、順風を受けて急速に鵜吉の船に接近してきた。

「旦那、丸に正の字が帆に書いてありますぜ」

「正徳丸か」

磐音たちは固唾《かたず》を呑んで見守った。

舳先には弥帆が翻《ひるがえ》り、苫《とま》屋根の上まで荷が満載されていた。

右舷左舷に吊《つ》るされた碇が見えて、鶴吉が、

「正徳丸だぞ！」

と叫んだ。

磐音たちはその声に手を振り、

「中居様！」

「正徳丸！」

と叫び続けた。すると船首に人影が立って、こちらに手を振り返した。

「おうっ、中居様じゃぞ」

秦之助が嬉しそうに叫んだ。

正徳丸の進行に合わせて、鶴吉もまた方向を転じた。

「坂崎、伝之丈、秦之助！」

半蔵が大きく手を振りながら一人ひとりの名を呼んだ。

「嵐に遭うたのではないかと心配しておりましたぞ」

正徳丸の外観はどこも嵐の被害を受けた様子は見受けられなかった。

「坂崎様、正徳丸は無傷のようですよ」

伝之丈の言葉が喜びに弾《はじ》けていた。

「積荷も大丈夫のようだな」

並行して走る正徳丸から縄梯子《なわばしご》が舷側に垂らされた。

鶍吉が巧みに櫓を操り、寄せた。

大きく揺れる縄梯子を摑んだ磐音は漁師舟の床を蹴《け》ると、正徳丸の船腹を攀《よ》じ登っていった。

「坂崎、心配をかけたな！」

半蔵が磐音の腕を抱えて正徳丸に引き上げた。

磐音はまず正徳丸を見回した。

胴の間の上にまで詰まれた菰《こも》包みは潮を被った様子もない。

視線を半蔵に戻して磐音は訊いた。

「嵐の間、どうなされておりました」

「怪我の功名だ。紀伊水道を抜けようとしたところで舵《かじ》が壊れてな、日《ひ》ノ御埼《みさき》の小さな漁村に入って舵の修理をいたそうと試みたのだ。なにしろ一気に江戸へ物産を運ぼうと千石船に山積みしたゆえ、舵に負担がかかったのであろう。ところが舵の修理をする最中に海が荒れてきおった。こうなれば無理をせぬが一番と、舵の修理をしながら、嵐が収まるのを待っていたのだ。七、八日も遅れたか」

「中居様、よきご判断にございましたぞ。この春嵐に、下り船の多くに大きな被害が出ております。七日や八日の遅れよりも人の命が大事にございます」

「われらも難破した船を見てきた。それにしても運がよかったぞ」

中居半蔵がほっと安堵の様子を示し、

「鶴吉が迎え舟を出してくれたか」

と舷側から漁師舟を見下ろした。

鶴吉、伝之丈、秦之助を乗せた漁師舟は正徳丸から垂らされた縄に引かれて佃島沖へと向かっていた。

磐音は身を乗り出すと、

「伝之丈、秦之助、喜べ。人も積荷も無事じゃぞ！」

と叫んだ。すると若い二人が、

「わあああっ！」

という歓喜の叫び声を上げた。

四

磐音は心を躍らせながら両国橋を渡った。

昨夕、佃島沖に豊後関前藩の借上げ弁才船正徳丸が安着し、碇を下ろした。翌日から伝之丈、秦之助は早速若狭屋と江戸藩邸にそのことを知らせに走り、国許《くにもと》にも早飛脚の荷揚げの相談に入った。むろん参勤道中の途次にある実高にも国許にも早飛脚が立てられるのだ。

中居半蔵は停泊した正徳丸の積荷を磐音に見せて回り、

「先ほども申したが、一番船ゆえ欲張ってな、胴の間のほかにアカノ間、三ノ間を造り、そこにも荷を詰め、軽い荷は苫屋根の上にまであのように積んで参った。正徳丸が積む千石（百五十トン）より三割方は荷が多かろう。それが嵐を避けさせたのだ。天はわれらを見捨てなかったぞ」

と興奮の体で語ったものだ。

その後、伝馬船《てんません》で佃島に渡り、鵜吉の家で磐音と半蔵は膳を前に向き合った。

「航海の間、酒は御法度であった。江戸に安着した今晩くらい好きなだけ酒を飲ませてくれ。坂崎、そなたも付き合うのじゃぞ」

と実に嬉しそうな半蔵であった。

気兼ねのない二人の話は、航海のことから関前の話題に飛び、

「坂崎、そなたの父上はほんとうに寝食を惜しんで、正徳丸出帆に奔走なされた。それでも金子が足りなくてな、家財を担保《かた》にされて借金も負われた。身が削られる思いをなされたであろう。それがしはかたわらから見ていてご家老の働きぶりにほとほと感服した。無理をなされて、倒れられぬかと心配したぞ」

「その上、伊代の祝言と重なり合いましたからな」

「それそれ、井筒源太郎と伊代どのの祝言にそれがしも招かれたが、実に和やかな祝いの宴であった。それに実高様がご近習を遣わされてな、祝いの品を届けられた」

「さようなまでの心遣いを実高様が……」

磐音は心の中で実高の温情に感涙した。

「出席者も少ない内輪だけの祝言ではあったが、真に万感胸に迫るものがあった。それになにより伊代どのの顔が幸せそうでな、輝いておられた」

「それはようございました」

至らぬ兄としてはなによりの知らせであった。

「その伊代どのが井筒家の玄関先まで見送りに出てこられてな、中居様、江戸で兄上に会われたら、兄上の贈り物をかように身につけて源太郎様のところに嫁に参りましたと伝えてくださいと、瞼《まぶた》を潤ませておったぞ」

半蔵は、伊代が磐音と今津屋からの祝いの加賀友禅を着て、櫛と簪《かんざし》で頭を飾っていたことを告げた。

「父上と伊代の文によりおよそのことは承知しておりましたが、中居様より直に話を伺えてほっとしました」

磐音は兄の顔でひと安心すると半蔵に言った。

「源太郎どのは、実高様の参府に同行されているとか、伊代から知らされました」

「殿の命と聞く。式に出席できなかったそなたと江戸で会わせたいというお心遣いであろう。また源太郎に一日も早く藩財政の改善に関わらせたいということで江戸行きを命じられたようだ」

「源太郎どのは江戸勤番を命じられますか」

「いや、それがしの考えではまず江戸の事情を知らしめ、その後、国許に戻してご家老のもとで奉公させようと考えておられるのではないか。なにしろこの江戸にはそなたがおるでな、人材不足は国許だ」

半蔵は久しぶりの酒に陶然となりながら、あれこれと興奮して話した。だが、航海中禁酒していた半蔵はすぐに酔い、寝不足もあってすぐにうつらうつらし始めた。

その夜は鵜吉の家に半蔵を泊めてもらうことにして、磐音もそのかたわらで仮眠した。

翌朝、鵜吉に鉄砲洲河岸《てっぽうずがし》の船着場まで船で送ってもらい、宮戸川に働きに出た。

いつもの鰻割きの仕事を終えた後、六間湯に廻り、徹宵の疲れと鰻の臭いを洗い流して長屋に戻り、着替えをして両国橋を渡ろうとしていた。

両国西広小路の朝市の雑踏を掻き分けて、今津屋の店先に立った。

今津屋はすでに商いに湧《わ》き返っていた。

「おや、坂崎様のお顔が晴れやかだ」

目敏《めざと》くも磐音の顔色を読んだ老分番頭の由蔵が言いかけた。

「老分どの、長らくやきもきさせましたが、昨夕、国許からの船が佃島沖に安着してございます」

「おおっ、それはおめでとうございます」

磐音は遅延の理由を告げた。すると由蔵が膝を打って、

「お父上や中居様のご苦労を、神仏は承知しておられたのですね」

と言うと、

「坂崎様、春嵐は豊後関前に思わぬ瑞祥《ずいしょう》をもたらしますぞ」

と託宣した。

「船が着いたことが瑞祥にございます。これ以上のものがありましょうか」

「いえね、その上にご褒美《ほうび》がございますので、まあ、見ていてごらんなさい」

と由蔵は謎《なぞ》めいたことを言った。

「老分どの、これから若狭屋に参りますが、ちとお願いがございます」

「なんでございますな」

「父上が資金繰りに苦労しておられるようです、家財も担保《かた》に入れたと中居様から聞き及びました。過日、預かっていただいた二百両を父上に用立ててもらおうと思うております」

「それはよき考え。生きた金は使わぬと死に金に終わりますでな。今、お持ちになりますか」

「中居様と改めて相談の上、国許に送ろうかと思います。そのときで結構にございます」

今津屋に磐音が預けた二百両の大金は、南町奉行所年番方与力《ねんばんかたよりき》の笹塚孫一《ささづかまごいち》が、磐音の介在した一件から得た金子の一部を褒賞《ほうしょう》としてくれたものだ。

そのとき磐音と一緒に働いたのが三味線造りの名人、三味芳の倅の鶴吉《つるきち》だ。

鶴吉は親の敵《かたき》の長太郎《ちょうたろう》を殺し、仇《あだ》を討った。

だが、町人が勝手に親の仇を討てるはずもない。鶴吉は牢送りを覚悟したが南町与力の笹塚孫一がお目こぼしで、

「鶴吉、一、二年、草鞋《わらじ》を履いてこい」

と江戸を留守にすることを許した。

磐音は鶴吉が江戸に戻ったとき、三味芳を復興させるときの資金にとも考えていた。が、鶴吉の江戸帰着はいつのことか分からなかった。

それになにより金子を今必要としているのは、豊後関前の藩財政の再建に取り組む正睦だった。ならば由蔵の言う、

「生きた金」

を使おうと決心したのだ。

「入り用の際は、おっしゃってください。為替で豊後に送るのであれば、うちで手配もいたしますでな」

と由蔵が請け合ってくれた。ほっとした磐音は、

「若狭屋どのに顔を出して参ります」

と今津屋を出た。

若狭屋の店の前の地引河岸では、晩春の光を浴びながら中居半蔵が番頭の義三郎と話をしていた。

その眼前では、佃島沖の正徳丸から積み替えられた関前の特産物を荷船が荷下ろししていた。

「番頭どの、ご心配をおかけ申した」

磐音が声をかけて腰を曲げると、

「坂崎様、ご苦労が報われましたな。まずはおめでとうございます」

と返事を返してきた。

「中居様、荷が潮を被ったことはございませぬな」

「朝から荷下ろしをしておるが、まずはどれも豊後関前で積み込んだと同じ状態だ。番頭どのにも検《あらた》めてもらったところだ」

「坂崎様、品物の質がだんだんようなっておりますよ。私が考えていたよりもよろしい」

とお墨付きを与えた。その上で、

「お二人に朗報がございます」

と言った。

「はて、朗報とはなにかな」

「海産物全般にわたって、ただ今値上がりしております。紀州灘から遠州灘にかけて吹き荒れた春嵐で、樽廻船などが潮を被ったり、座礁したり、流されたりと大きな被害が出ております。江戸に入ってくるべき海産物が半分も到着しておりません。そこへ豊後関前の一番船が入ってきた。値上がりする道理です」

「おおっ、それは吉報」

半蔵が相好《そうごう》を崩した。

磐音は、今津屋の老分由蔵が口にした瑞祥とはこれのことかとようやく納得した。毎日為替相場や金銀の兌換に目を光らせる由蔵は、

「春嵐」

がどのような影響を物価に与えるかを見通していたのだ。

「まあ十日前の二割方は値を上げております。諸々の手数料を差し引いても一割二分から三分はいくはずにございます」

「苦労した甲斐《かい》があった」

半蔵が正直な気持ちを吐露した。

「あとは若狭屋にお任せください」

「お頼み申します」

半蔵は若狭屋の店先を借り受けて、国許の坂崎正睦に伝えるべく書状を認めるという。二人で店先に向かった。

「中居様、お願いが」

磐音は、金子二百両を書状と一緒に父の許に送ってくれるよう頼んだ。

半蔵が目を丸くして、

「裏長屋暮らしのそなたがそのような大金を」

「ご心配には及びません。ちと理由《わけ》がございまして」

と前置きすると、南町奉行所から極秘に与えられた褒賞金のことを告げた。

「坂崎、そなたの江戸暮らしはなんとも破天荒のものだのう」

と呆れた。

「正睦様はきっと喜ばれよう。今の関前藩は、一両の金子も喉《のど》から手が出るほど欲しいところだからな」

と言葉を継いだ半蔵は、

「先ほど若狭屋の番頭どのに、売り上げの半金なりとも早めに貰えぬかと相談したところだ。義三郎どのは五百両ならばすぐにもと請け合われた。坂崎、その五百両とともにそなたの金子を今津屋から為替で送らぬか。そのほうが、一日も早く確実に関前に届こう」

「ならばそういたしますか」

「ご家老の喜ばれる顔が目に浮かぶようだ」

と言って半蔵は、まだ河岸で荷揚げの指揮を取る義三郎に五百両の前払いを頼みに行った。

磐音は今津屋から為替飛脚で七百両を豊後関前藩国家老坂崎正睦に送る手配をして、台所に入った。

ちょうど昼餉の刻限で、大勢の奉公人が交替で具沢山のうどんにあさり飯の握りを頬《ほおば》張っていた。

「あら、若狭屋さんに出向いたんじゃなかったの」

おこんが訊いてきた。

「一度は参ったが、用事で戻ってきたところです」

「老分さんも今に見えるわ、一緒に昼餉を食べて行きなさいな」

「そうさせていただきます」

磐音は板の間の端に腰を下ろした。

「妹は、おこんさんに見立ててもらった加賀友禅と櫛、簪を祝言の宵に身に付け、披露《ひろう》したそうです。改めてお礼を申します」

「伊代様の祝言は無事終わったのね」

「その婿《むこ》どのが、一両日内にも江戸に姿を見せます」

「えっ、祝言を挙げたばかりのお婿さんが、花嫁を国許に残して江戸に出てくるの」

「それがしに引き合わせるために、殿様がお許らいくだされたようです」

「まあ、なんて心優しいお殿様なの」

とおこんが驚くやら感心するやらしたところに由蔵が姿を見せた。

「坂崎様、ほっとなされましたな」

「はい。それに老分どのが申された瑞祥がもたらされました」

「嵐のせいで江戸の海産物が品薄になっているところへ、豊後からの荷が無事到着したのです。値上がりは商いの理にございますよ」

「船は無事に江戸入りする、奈緒様は太夫に選ばれる。坂崎さん、いうことはないわね」

「白鶴太夫のことは、それがしには関わりなきことにござる」

「そうかしら。私はお二人の縁《えにし》は遠く離れていても生涯続くとみたわ」

「そうでしょうか」

磐音はあっさり答えた。

「北尾重政が描いた浮世絵『新太夫仲之町道中』が江戸じゅうの評判になっておりましてな、中でも白鶴太夫と高尾太夫が長柄傘を並べた『花吹雪二人花魁道中』は飛ぶような売れ行きで、版元の蔦屋《つたや》さんは夜も寝る暇がないらしく、うれしい悲鳴を上げておられるそうですよ」

由蔵までが亢奮《こうふん》の体だ。

勝手女中のおつねが二つの膳を運んできた。

磐音は、

「いただきます」
と両手を合わせるとうどんを啜り始めた。
おこんはその様子がいつもの磐音と違うように思えた。いつもなら食べることに夢中で磐音の頭には雑念が入る余地はない。だが、今日の磐音はそのふりをして、黙々と食べているだけだ。
むろんそれは若狭屋に到着した豊後関前からの荷のことではなく、白鶴、いや、奈緒のことを考えて集中できないのであろう。
おこんは思わず、
ふーうっ
と吐息をついて磐音をいとおしそうに見た。

夕刻、中居半蔵が別府伝之丈、結城秦之助を伴い、今津屋に挨拶に来た。伝之丈と秦之助は、豊後関前から運ばれてきた海産物を両手に提げていた。

「中居様、ご苦労にございました」

「由蔵どの、お蔭《かげ》さまにて第一船が無事に江戸入りいたしました」

「これが商いの始まりにございます。これからも気を抜かずに頑張ってくださいいよ」

半蔵の顔が磬音に向き、

「坂崎、明日には実高様も江戸入りなさるそうだ。使いが藩邸に到着した。すんでのところで、摂津湊を先に出たわれらが殿の後塵《こうじん》を拝することになっておったわ」

と苦笑いした。

「由蔵どの、明日からはまた忙しくなるゆえ、今宵《こよい》は磬音を借り受けて、ささやかな祝宴を開くつもりです」

と半蔵が由蔵に断り、磬音を今津屋から誘い出した。

半蔵が三人を連れていったのは、今津屋からさほど遠からぬ薬研堀の料理茶屋の涼風《すずかぜ》だった。

磬音は前に一度東源之丞《ひがしげんのじょう》に伴われて、酒食を共にしたことがあった。

半蔵は、

「坂崎、昨夜《ゆうべ》はわずかな酒に酔い潰れた。今宵はそうはいかぬぞ」

と言いながら嬉しそうに酒を飲んだ。だが、一刻もせぬうちに再び居眠りを始めた。

「鬼の半蔵様がわずかな酒に酔うておられるぞ」

伝之丈が秦之助に笑いかけた。

「それだけ一番船を出すことに心労なされたのであろう。その上、航海中は舵の故障やら春嵐に見舞われてどれだけ気遣われたか」

磐音は半蔵の疲労しきった姿に父正睦を重ね合わせた。

磐音たちは早々に酒を切り上げ、飯にした。

半蔵を駕籠《かご》に乗せて、伝之丈と秦之助が駿河《するが》台《だい》富士見坂の藩邸まで送り届けることになった。

「中居半蔵、わずかな酒に酔い潰れるようになってしもうたか」

と料理茶屋の玄関で半蔵が残念そうに呟き、伝之丈が呼んできた辻駕籠に素直に乗った。

「中居様、それがしもその辺りまでお送りいたします」

磐音がそう申し出たのは、偏《ひとえ》に半蔵の苦労を察して少しでも同道したかったからだ。

駕籠のかたわらに磐音が付き添い、若い二人が後から従った。

駕籠は薬研堀の南西に広がる御家人屋敷を抜けて、久松町から入堀に出た。

栄橋を渡ると江戸で名高い古着屋の町が広がっていたが、初更《しょこう》（午後八時）を過ぎた刻限で店はどこも閉じられ、ひっそりとしていた。

ただ、半蔵の気持ちよさそうな鼾《いびき》が響いていた。

その富沢町から長谷川町、新乗物町《しんのりものちょう》に出て、日本橋川から北へと掘られた二本の堀の一本目を親仁橋《おやじ》で渡った。

履物屋が軒を連ねる照降町《てりふりちょう》を抜け、二本目の堀に架かる荒布橋《あらめ》を渡れば若狭屋のある魚河岸だ。

磐音がふいに視線を前方に向け、さらに後ろを見て、

「駕籠屋どの、足を緩《ゆる》めてくれ」

と命じた。

「へえっ、どうかなされましたか」

「たれぞ待ち受けている者がおるようだ」

辻駕籠の棒端《ぼうばな》に下げられたぶら提灯《ちょうちん》の灯りは、数間先までしか届かなかった。

磐音は灯りの届かぬ闇《やみ》を透《す》かし見た。

闇に殺気があった。

さらに一行はゆっくりと進んだ。

「伝之丈、秦之助、駕籠の後ろを注意せよ」

磐音は包平の鯉口《こいぐち》を切り、駕籠の前に出た。

照降町を抜けた辺りの河岸が小さな広場になっていた。

そこに四つの黒い影が立っていた。

磐音はゆっくりと影の前に近付いていった。

「坂崎様、後ろからも」

伝之丈の切迫した声が響いた。

辻駕籠からは相変わらず半蔵の鼾が聞こえていた。

磐音は行く手を塞《ふさ》ぐように立つ四つの影の前で足を止めた。

「荒布橋を渡らせてはもらえぬのかな」

磐音の声が長閑に響いた。

辻駕籠のぶら提灯の灯りが四人の面上に届いた。

浪々の者たちのようで、無精髭の生えた相貌《そうぼう》は荒《すさ》んでいた。血腥《ちなまぐさ》い仕事に携わってきたことを示すかのように五体から殺気が漂った。

磐音の言葉にも無言だ。

「お間違いめさるな。駕籠の御仁は豊後関前藩の家臣中居半蔵どのでござるぞ」

さらなる磐音の言葉にも相手は動じない。

四人のうちの一人が顎を振った。すると三人が抜刀した。顎で命じた男が頭分か、着古した羽織を一人だけ着ていた。

磐音は包平を抜くと大帽子を四人に向け、ちらりと後方を見た。

伝之丈、秦之助と対峙《たいじ》しているのは五つの影だ。だが、前を塞ぐ四人が主力、腕も立つと見た。

「伝之丈、秦之助、腹に力を溜《た》めて応戦いたせ。さほどの腕とは思えぬでな」

突然の異変にいささか狼狽していた二人は、磐音ののんびりとした鼓舞の言葉を聞いて、

「はい」

「畏まりました」

と返答した。

その声音には幾分落ち着きを取り戻した様子があった。

磐音は注意を前方に戻した。

「どなたかに金で雇われなされたか」

多額の借財を抱えた豊後関前藩の家臣を襲ったところでなんの役に立つのか。

待てよ、正徳丸が江戸入りしたことに関わりがあるのか、磐音は思いを巡らした。
そして、問うた。
「お名前をお聞かせ願えますかな」
堀端にあくまでのんびりとした磐音の声が響く。
磐音は問いかけながらも包平の峰を返した。
その瞬間、抜刀した三人のうち、左手の剣客が磐音に向かって襲い来た。
磐音は不動のまま受けた。
上段からの斬り下ろしに腰を沈めて受け、峰に返した包平で弾いた。
次の瞬間、包平が躍って相手の胴を抜き、さらに磐音は右手に飛んでいた。
今宵の磐音は居眠り剣法を捨てていた。
腕前を知らぬ大勢が相手だ。一気に出鼻を挫《くじ》く思惑で動いた。
一瞬、機先を制せられて立ち竦んだ二人目の肩口に包平が打ち込まれて、
あっ
と叫んだ相手が崩れ落ちた。
そのときには磐音は元の場所に飛び下がっていた。
瞬時に二人が倒されていた。

駕籠の後方でも伝之丈たちが応戦している様子が伝わってきた。

駕籠の鼾はやんでいた。

磐音はぐいっと頭分の前に出た。

頭分は磐音が二人を倒した間に刀を抜いていた。

身の丈は五尺八寸余か、どっしりと腰が据わった堂々たる構えである。

磐音の相手はあくまでこの頭分だ。九人の刺客のうち力量が群を抜いている。

磐音の包平が峰から刃へと戻された。

「流儀はいかに」

相手から初めて声が洩れた。

「直心影流にございます。お手前は」

「鹿島神伝流《かしましんでん》」

相手が八双に剣を引き付けた。

そのとき、

「火の用心、さっしゃりましょう!」

という声が魚河岸の方角で響き、夜回りの灯りがちらついて戦いの場に向かってきた。

息を溜めていた相手が、
ふうっ
と吐き、

「引き上げよ！」

と一統に命じた。

磐音に倒された二人を連れて江戸の闇に消えた。

すると駕籠の垂れが引き上げられて、半蔵が顔を覗かせ、

「坂崎、またぞろ腹黒き御仁が現れおったようだな」

と言った。

もし暗殺の対象が豊後関前藩物産所の総責任者中居半蔵だとすると、

（たれが刺客を放ったか）

と考えあぐねながらも、

「はて、いかがにございますか」

と応じていた。

第三章　春霞秩父街道

一

中居半蔵ら四人が荒布橋付近で襲われて二日後、磐音が六間湯から長屋に戻ると、早足の仁助と若い小者が大荷物を背負《しょ》って木戸口に待ち受けていた。

「どうしたな、その大荷物は」

「中居様よりのお届け物です。正徳丸の荷を無事若狭屋に引き渡したゆえ、ご苦労賃だとか。お国の産物でございます」

「それはご苦労であったな」

二人の荷を長屋の前で開いた。

昆布に若布《わかめ》、塩引き鯖《さば》、するめなどが出てきた。

磐音は、大家の金兵衛、長屋の住人、宮戸川の鉄五郎親方、地蔵の竹蔵親分などに取り分けたのち、まず大家の金兵衛と、水飴《みずあめ》売りの五作《ごさく》の女房おたねら長屋じゅうに配った。

「旦那、いつもすまないね。この前は山葵《わさび》だったが、今日は塩引き鯖かえ。脂が乗って美味しそうだよ」

とひと騒ぎが終わり、仁助は若い小者を先に屋敷に戻した。

磐音も、仁助がただ荷を届けに来たとは思っていない。

長屋に招き入れ、まず、

「実高様ご一行は無事屋敷に安着なされたか」

「へえっ、ご一行は江戸屋敷に入られ、公儀にも上府の挨拶を済まされました」

「実高様はご壮健じゃな」

「麗しいご尊顔とお見受けいたしました」

よし、と磐音は自らに言い聞かせた。

「仁助、二日前の夜、中居様が襲われた。承知か」

頷いた仁助が、

「やはり中居様を狙ってのことと考えてようございますか」

「それしか思いもつかぬ。となると、豊後関前藩内の者が策動したと考えるのが自然ではないか」

　仁助が頷いた。

「江戸に正徳丸が入り、豊後の海産物が高値で江戸に出回った。第一船とはいえ、それなりの利益が見込める。借上げ弁才船が定期的に入るようになれば、藩の財政は好転する。藩物産所を立ち上げられたときからご苦労なされた中居様にそれなりの実権が集まるのは当然の成り行き。そのことを嫌う一派の策動やもしれぬ」

　腹の黒い連中には混乱したままの藩が住みやすく、居心地がいい。あるいは半蔵に集まる実権をわがものにして、藩物産所の利益を私しようと考えたか。

　仁助は無言のまま顔を縦に振った。

「近頃の江戸藩邸の様子は知らぬ。この藩財政再建をよからぬことと思われる御仁がおられるやいなや。仁助、どうか」

「迂闊《うかつ》なご返事はできかねます。坂崎様、二、三日、時をいただけませんか」

「相分かった。参勤出府された中にも、江戸藩邸の鼠《ねずみ》と連携し合っている者がいるやもしれぬ。そのことも頭の隅に置いて探ってくれ」

「畏まりました」

仁助が長屋から姿を消し、磐音は外出の仕度を始めた。

磐音は豊後関前藩の若布や塩引き鯖などを提げて、本所北割下水の御家人品川《しながわ》邸の傾きかけた門を潜った。

昼下がりの刻限で、日の当たる縁側で柳次郎《りゅうじろう》と母親の幾代《いくよ》が内職の団扇《うちわ》張りに精を出していた。

夏も間近い、季節の内職というわけだ。

「無沙汰《ぶさた》をしておりました」

磐音は手拭いを姉さん被りにした幾代に挨拶すると、豊後関前の海産物にございますと差し出した。

早足の仁助が藩邸に戻った後、宮戸川の鉄五郎親方、地蔵の竹蔵親分、竹村武左衛門《ざえもん》の長屋を回ってお裾分《すそわ》けし、最後に柳次郎の屋敷を訪ねてきたところだ。

宮戸川でも地蔵蕎麦でも、

「立派な昆布にございますな。これならばうちでも使いたいもんだ」

とその品質を請け合ってくれた。竹蔵親分のところではぶっかけ蕎麦を馳走になった。

「おお、これは見事な昆布にございますね」

幾代が手で愛《め》でるように昆布を触り、喜んでくれた。

「ということは、懸案の船が到着したということですね」

前掛けの竹くずを叩《はた》きながら柳次郎が訊いた。

「紀州灘から遠州灘に春嵐が吹き荒れまして、沢山の船が難破したり、荷が水を被ったりする中、七、八日遅れで無事江戸に到着しました」

と磐音は事情を告げた。

「舵の修理で湊に入り、嵐を避けたとは怪我の功名ですね。さらに嵐が値上がりまで呼んだとは、豊後関前藩にも運が向いてこられたようだ」

「柳次郎、坂崎様のお父上らが心血を注がれたご努力を、神仏が見ておられたのですよ」

「母上、神仏頼みで運が向くならば、私は内職をせずに毎日お宮参りお寺参りをいたします。わが暮らし、もそっと楽にならぬものですか」

「これ、柳次郎、罰当《ばちあ》たりなことを。身内が堅固《けんご》でその日その日の暮らしが立っているのです。それに、このように西国からの海産物を頂戴することもあります。

これ以上は贅沢というものですよ」

　はいはい、と応じた柳次郎が、

「母上、なんぞ甘いものでもありませんか」

「干し芋《いも》がありますよ。今、茶を淹《い》れましょうな」

　と幾代が若布などを押しいただいて台所に姿を消した。

「坂崎さん、なにか金になる仕事はありませんか。このところ母上相手の内職ばかりで懐が寒いのです」

「それがしも宮戸川だけが頼りです。今津屋どのに頼んでみましょうか」

「両替屋行司のところは最後まで取っておきましょう。そうそう甘えるわけにもいきませんからね」

　と磐音の立場を斟酌して柳次郎が言い、

「坂崎さんも損な性分ですね。空きっ腹を抱えて無償で旧藩の仕事に走り回っておられるのですからね」

「経緯《いきさつ》が経緯ですから仕方ありません。それに父上が寝食を忘れて働いておられるのに、倅のそれがしが知らぬふりもできますまい。ところでこちらに参る前に竹村さんの長屋を訪ねましたが、主《あるじ》どのは留守でした。どうしておられますか」

「竹村の旦那はただ今、左官の親方の下で土捏《こ》ねの仕事をしています。旦那は大足ゆえ、土を捏ねるにはうってつけだそうです。しかし、素足で土を捏ねるので足先が冷えるとか、ぼやいてました」

「大した稼ぎにはなりませんね」

「ですが、仕事があるだけ羨《うらや》ましい」

二人が話しているとどこか切迫感がない。

柳次郎と同様、このところ磐音も金子になる仕事にありついていなかった。

「われらはもう少し竹村さんを見習わねばなりませんね」

「お茶を淹れましたよ」

盆に急須と茶碗、それに茶請けの干し芋が運ばれてきた。

「品川さん、正徳丸と同じように、待てば海路の日和《ひより》ありですよ。今しばらく待ちましょうか」

柳次郎は、干し芋は十分だと手を出さなかったが、磐音は一口食して、

「これはよい。ほんのりした甘さがなんともいえぬ」

と言うと、無心に食べ始めた。

磐音が今津屋を訪ねてみようかどうしようか迷いながら六間堀の堀端を猿子橋まで歩いてくると、富岡八幡宮《とみおかはちまんぐう》の門前で金貸しとやくざの二枚看板を掲げる権造《ごんぞう》一家の代貸五郎造《だいがしごろぞう》が、若い弟分を従えて立っていた。

長屋の木戸口では、どてらの金兵衛が小さな体で仁王立ちになっていた。

「おや、代貸、六間堀まで散策でござるか」

「散策ってか。おまえさんに用事があって足を伸ばしたんじゃねえか。ところが頑固な大家が、おめえらのようなやくざ者はうちの長屋には一歩も入れねえと、あのとおりだ」

と顎で差した。

「それは申し訳ないことをした」

と五郎造に謝った磐音は、

「大家どの、五郎造どのはそれがしに会いに来たのでござる」

「坂崎さん、渡世人の権造一家なんぞと付き合っていると碌《ろく》なことはありませんぞ」

と答えるとようやく家に入っていった。

「ちえっ」

五郎造が舌打ちした。

「用事とはなにかな」

「武州青梅《おうめ》に借金の催促に行くのさ」

「借金取りの付き添いですか」

「おうっ、日当は一分二朱、三度の飯が食えて夕餉《ゆうげ》には酒もつけよう」

「揉め事を抱えておるのか」

五郎造がただ借金取りの付き添いに日当を出すとも思えなかった。

「なんの、揉め事なんぞあるもんか。たださ、近頃は道中が物騒らしいからな」

顔の前で手をひらひらさせた五郎造は曖昧に答えた。

「借金の取り立ての額はいかほどじゃな」

「同業に三十七両だ」

先ほど仕事のことで柳次郎と話し合ったばかりで、それによく考えれば磐音の米櫃《こめびつ》も底を突きかけていた。

「五郎造どの、引き受けよう」

「やってくれるかい」

「ただし、それがしひとりでは心もとない。もう一人仲間を連れていきたいのだが」

「大酒飲みは駄目だぜ」

五郎造が即座に竹村武左衛門のことを断った。

「品川柳次郎どのです」

「仕方ねえ、二人以上は雇えねえよ」

とあっさり承知した五郎造が苦笑いしながら、

「近頃、おまえさんも隅に置けなくなったぜ。出立《しゅったつ》は明朝七つ（午前四時）、場所《ところ》は、永代橋東詰だ。遅れるんじゃねえぜ」

と言いおいて姿を消した。

急に忙《せわ》しくなった。

磐音はその足で宮戸川を訪れ、鉄五郎親方に、

「まことに申し訳ないが」

と前置きして四、五日仕事を休めないかと事情を述べた。

話を聞いた鉄五郎が、

「坂崎さんでなければ、権造の手伝いなどもっての外だと叱り飛ばすところだがねえ」

と言いながら許してくれた。

磐音は再び品川柳次郎の屋敷を訪ねた。

「おや、どうなされました」

「品川さん、明日から武州の青梅まで旅仕事です。日当は一分二朱。いかがですか」

「やります」

と叫んでから柳次郎は仕事の内容を訊いた。

「それは明日、道々話します」

幾代に借金取りの手伝いとは聞かせたくなかった。

一瞬訝しい顔をした柳次郎が、

「母上、お聞き及びのとおりにございます。明日から青梅に行って参ります」

と言った。

「坂崎様とならば母も安心、行ってきなされ」

と幾代は快く許してくれた。

「なんですって。やくざの借金取りの手伝いに旅に出るというの」

おこんの怒鳴り声が今津屋の台所じゅうに響き渡った。

「それがよんどころない事情もございまして」

磐音は小さな声で言い訳をした。

「なんてことなの。やくざの片棒を担ぐなんて、坂崎さんにあるまじき行いだわ」

おこんの怒りが鎮まる様子はない。

「いけませぬか」

「当たり前じゃない」

おこんがかたわらの由蔵を見た。

由蔵はしばし瞑目していたが、

「おこんさん、権造の借金にはなにか理由《わけ》がありそうです。ここは坂崎様のご判断にお任せしましょう」

「老分さんまでそのようなことを」

おこんがぷんぷんしながら、台所から奥へと姿を消した。

「おこんさんの怒りは当分鎮まりそうにないな」

由蔵が当惑顔で言った。

「老分どのにもとばっちりをかけました」

「それにしても坂崎様は奇妙な仕事ばかり見つけてこられる。仕事ならばいつでも今津屋で作って差し上げますのに」

「そうも考えましたが、こちらにばかり甘えるわけにはいかないと品川さんも言われましてな」

「坂崎様といい品川様といい、今一つ欲がございませぬな」

「はあ、困ったものです」

「ご当人がさようなことでどうなさる」

「老分どの、中居様宛ての書状をこちらに預けていきたいのですが、よろしいですか」

「そろそろ若狭屋で売り上げが出る頃ですな。お若い二人が毎日のように顔を出されますので、お言付けいたしましょう」

「お願い申します」

　磐音は台所の片隅で中居半蔵に宛て、仕事で数日江戸を留守にすること、身辺にはくれぐれも注意するよう認《したた》めて封をした。するとおこんの声がして、

「青梅はまだ寒いそうよ」

と袖無しの綿入れを差し出した。

二

永代橋東詰では、五郎造と若い弟分の千代松《ちよまつ》が、磐音と柳次郎の来るのを待っていた。

秩父生まれの千代松は道中に明るいので、自ら進んで道案内役を買って出たとか。

五郎造も千代松も道中合羽《がっぱ》に三度笠《さんどがさ》、長脇差《ながわきざし》を腰に落とし込んでいた。

だが、千代松は長脇差がしっくりと腰に納まっていなかった。歳はまだ二十歳前か。権造一家に入ってまだ間がないのだろう。無口な若者だった。

「さて行きますぜ」

一行はまだ薄暗い永代橋を渡り始めた。

柳次郎が、

「代貸、よろしく頼む」

と仕事の依頼主に頭を下げた。

「坂崎さんから仕事の件は聞いただろ」

「品川さんの母上の手前、仕事の話はしておらぬのじゃ」

磐音が慌てて仕事の内容を説明した。

「これは驚いた。われらは借金取りの用心棒ですか。品川柳次郎、前代未聞のことですよ」

柳次郎が驚きの声を上げた。

「差しつかえあるならば、それがし一人で務めるが」

磐音は足を緩めて訊いた。

「嫌と言っているのではありません。仕事の選り好みをしている場合ではありませんからね」

柳次郎はさばさば答えた。

磐音が自分のためにとってきた仕事だと柳次郎は直感したからだ。

磐音たちはまた足を速めた。

江戸の町には晩春の寒さが漂っていた。

だが、磐音は暖かかった。

古びた道中羽織の下に、おこんが縫ってくれた綿入れを着ていたからだ。袖無しなので動きも悪くない。

四人は永代橋から御城の南を回り、四谷御門から大木戸を抜けた。そして、内藤新宿上町の追分《おいわけ》で道を右にとった。

うっすらと夜が明けてきた。

左に向かえば甲州道中、右が、

「甲州裏街道あるいは甲州脇往還」

とも称される青梅道だ。

そのわけは、二つの道がほぼ平行して江戸と甲府を結んでいたからだ。熊野権現のかたわらを過ぎると急に人家がなくなった。

多摩川上流の物資の集散地として栄えた青梅は、古《いにしえ》より白壁などに用いる石灰の産地として知られていた。

慶長《けいちょう》十一年（一六〇六）に江戸城大増築が開始されたが、その折り、幕府は青梅の石灰を採取したのだ。

その役目を代官頭の大久保《おおくぼ》長安《ながやす》に命じ、大久保は青梅街道に継立《つぎた》て場《ば》を設けて石灰の運送がうまくいくよう整備した。

それが、磐音たちが今歩く青梅道の基礎となっていた。

「朝が明けたはいいが、急に寒くなりませんか」

柳次郎が磐音に問いかけた。

菅笠《すげがさ》の下の柳次郎の顔が風の冷たさに赤くなっていた。

晩春の武蔵野台地はまだまだ寒さが厳しかった。

天秤棒《てんびんぼう》を肩に担い、両の籠《かご》に春野菜を満載した男女が、朝靄《あさもや》の街道を江戸に向かって黙々と進んでいく。内藤新宿か四谷辺りを売り歩くのだろう。籠から瑞々《みずみず》しい芹《せり》や春菜や土筆《つくし》が覗いていた。

内藤新宿の次の集落は中野だ。

街道と野良道の辻に蕎麦うどんの幟《のぼり》がはためいていた。街道を往来する馬方や百姓相手の店だ。

「旦那方、中野を外せば田無《たなし》まで空きっ腹を抱えて歩くことになる。馬方相手の田舎蕎麦しかねえが、たぐっていこうか」

と五郎造が朝餉を摂ろうと磐音たちに言った。

「千代松、この店はなにがうめえ」

「代貸、馬方うどんだ」

「馬方うどんだと。呆れてものが言えねえや」

と言いながらも五郎造は千代松の勧めた馬方うどんを注文した。

腰の煙草《たばこ》入れを抜いた五郎造に千代松が煙草盆を運んできた。

「青梅の借金の相手を知りたいものじゃな」

磐音が訊いた。

煙管《きせる》に刻みを器用に詰めながら五郎造が、

「青梅に玉川《たまがわ》の大《だい》右衛《え》門《もん》って田舎やくざが一家を構えてやがる。この大右衛門が四年も前にいざこざを起こして青梅を捨て、江戸にひっそりと隠れ住んでいたことがあってな、このとき、うちが仕切る賭場《とば》に出入りしていた。そのとき、賭場で作った借財が三十七両三分。大右衛門は青梅に戻るとき、借財の代わりに若い娘を四人届けるという約定《やくじょう》をしていきやがった。以来、なしの飛礫《つぶて》だ」

「賭場の借金のかたに娘を女郎宿に売り飛ばそうというのか。それは悪い了見だぞ」

磐音より前に柳次郎が異を唱えた。

「まあまあ」

と言いながら煙草盆の火を火口《ほくち》に移して一服吹かした五郎造が、

「親分がさ、玉川の大右衛門に四年前の借金を思い出させろと、取り立てを命じられたってわけだ」

「ならば娘でなくとも金子で済むことだな」

　柳次郎が念を押す。

「まあ、そういうことだ」

　五郎造が煙管を銜《くわ》えた。

「なぜ四年も借財を放っておいたのだ」

「催促しようにも、大右衛門の懐具合がよくねえのを承知していたからさ。だが、この一、二年、大右衛門が一家を盛り返したと聞いて、親分が、利息とはいわねえ、元金の三十七両三分そっくり取り立ててこいと、証文をおれに預けなさったというわけだ」

　と言いつつ五郎造は首を捻《ひね》った。

「どうしたな。なんぞ気がかりがあれば、話してもらいたい。そうでないとこちらの覚悟も定まらぬ」

　磐音が問い詰めた。

「いやね、親分は元金だけでもきっちり取り立ててこいとおっしゃるが、大右衛門の野郎、一筋縄ではいかねえ田舎やくざだ。まともに向かい合えばぺこぺこと米搗《つ》きばったのように頭を下げやがるくせに、暗闇《くらやみ》で背中から斬りかかるという手合いだ。近頃、青梅で勢いを盛り返したのも、飯能《はんのう》の徳蔵《とくぞう》親分を闇討ちにして、多摩川に蹴り込んだって噂《うわさ》が江戸まで流れてきたほどでな」

「三十七両三分、すんなりと返してくれそうにないな」

柳次郎が磐音の顔を不安そうに見た。

「今から心配しても仕方がありません。その場の成り行きで対応を考えましょうか」

と磐音が答えたところに名物の馬方うどんが運ばれてきた。

太目のうどんに濃く味付けした油揚げと青ねぎがたっぷりと盛られていた。

汁は江戸のものより濃い。

「香りがいいな」

柳次郎が一口汁を啜った。

「坂崎さん、これは美味い」

磐音は汁の出しの香りを嗅ぎ、

「これは美味しそうだ」

と呟くように言うと、馬方うどんを啜り始めた。

「旦那」

と五郎造が磐音に呼びかけた。

「代貸、食べているときの坂崎さんに話しかけても無駄だ」

「三つ四つの餓鬼《がき》じゃあるまいし、馬方うどんに熱中することもあるめえ」

「馬方うどんであろうと干し芋であろうと、食べているときの坂崎さんは、無垢《むく》の赤子のようなものだ」

「驚いたねえ。うどん一杯に魂を入れ込む侍がいるなんてよ」

「うちの母上はいつも言っておられる。坂崎さんは育ちがよいのだとな」

「そんなものかねえ」

丼を抱える磐音を五郎造は呆れたように見た。

朝餉を済ませた一行は、高円寺、馬橋、天沼《あまぬま》、上井草、上石神井《かみしやくじい》、関と各村を抜けて田無村に入った。

この先、小川、箱根ヶ崎を経て新町の集落までの五里は、

「原ノ間六里家なし」

という原野を行くことになる。

道案内の千代松がいなければ、五郎造の一行が江戸から十一里の青梅宿に到着することはかなわなかっただろう。

金剛寺前の一軒の旅籠《はたご》に宿を求めたとき、暮れ六つ（午後六時）の刻限を過ぎていた。

健脚の磐音だが、夜明け前から日暮れ後まで歩き続けて、さすがに足は棒のようになっていた。

湯に二人ずつ交代で入ることになって、磐音と柳次郎がまず先に風呂に向かった。松明《たいまつ》が黒い油煙を上げながら、隙間風《すきまかぜ》の吹き込む風呂場を暗く灯《とも》していた。

「よく歩きましたねえ」

「脇往還十一里はさすがに堪《こた》えます」

二人は湯に浸《つ》かり、ほっとして言い合った。

両手に溜めた湯で顔を洗った柳次郎が、

「坂崎さん、世に借金の取り立てほど難しいものはありません。まして四年前の賭場の借財ときては簡単にはいきませんよ」

磐音もそれは感じていたことだ。

「まずは大右衛門の顔を見てからこちらの出方を決めますか」

「それにしても深川の長屋住まいの浪人と北割下水の御家人の倅が、借金取りの用心棒とは」

柳次郎が嘆息した。

青梅は、多摩川上流域の物産、杉皮、薪炭《しんたん》、青梅縞《じま》と呼ばれる織物の集積地として発展した後、御用石灰の採掘で栄えた。

玉川の大右衛門は大きな四つ辻に二階建ての一家を堂々と構えていた。

玄関先には子分が五、六人屯《たむろ》して、入っていった五郎造と着流しの磐音をじろりと見た。

「どちらさんで」

「江戸は深川の永代寺門前で、ご同業の看板を掲げます権造一家の代貸五郎造と申す渡世人にござんす。大右衛門親分がおられたら、お目にかかりとうござんす」

五郎造は丁寧に用件を述べた。

柳次郎と千代松を旅籠に残し、着流し姿の磐音だけを伴ったのは、大右衛門を無闇《むやみ》に刺激したくないという五郎造の腹積もりだ。

「江戸からけえ」

三下奴《さんしたやっこ》が奥に消え、すぐに親分の大右衛門を伴ってきた。

「おう、これは五郎造の兄いじゃねえか。青梅には物見遊山《ものみゆさん》けえ。なら、うちで好きなだけ遊んでいきねえな」

と胸を張ったが、両手は揉み手をして妙に腰が低い。

大右衛門は五尺に満たない男だった。笑み崩れた顔の中で目だけが笑っていなかった。

五郎造が上がりかまちに腰を下ろす。

磐音はただのんびりと立っていた。

「親分、秩父《ちちぶ》の鳩八《きゅうはち》親分のところに御用で行く道中なんでござんすよ。その途中にこちらに立ち寄ったのは、ほかでもない、野暮な取り立てだ」

と五郎造が奇妙なことを言い出し、子分の手前、大右衛門にだけ気付かせようとした。

「野暮な取り立てだと。はて、そんなことがあったけえ」

大右衛門は三白眼にして、五郎造を、次いで磐音を見た。

五郎造は仕方なくはっきりと要件を告げた。

「四年前にご用立てした金子の催促にござんすよ。親分はご多忙の身だ、わずかな金子などお忘れになっているのでござんしょう」

「五郎造の。確かに江戸じゃおめえの親分に世話になったが、借金など一文もした覚えがねえ。どこぞと間違っているんじゃねえのかい」

大右衛門が居直った。

「親分、冗談は言いっこなしだ。おれも権造の代貸、親分に賭場の仕切りも任されているんだ。おめえさんの泣き言を聞きながら一両だ、二両だと用立てたのは、このおれだぜ」

「覚えがねえな」

「なにを！」

と言いながら五郎造が懐から証文を出した。

成り行きを見守っていた子分たちが長脇差を手に五郎造に迫ろうとした。中には柄《つか》に手をかけている者もいた。

磐音は大男の子分の動きを静かに牽制《けんせい》した。

身の丈六尺三寸、腰の長脇差は三尺を超えていそうな代物だ。

すいっ

と磬音が五郎造の背後に回った。まるで春風が軽やかに吹き抜けたようであった。

「見てみねえ、この証文の字をよ。おめえが四年前におれの前で書いたかなくぎ流だぜ」

五郎造が上がりかまちに証文を叩きつけた。

大右衛門が、手にしていた長煙管の雁首《がんくび》でそれを押さえた。

「だれか火鉢の熾火《おきび》を持ってきねえ。江戸の客人が煙草に火を点《つ》けるとよ」

「へえっ」

三下奴が火箸《ひばし》の先で熾火を運んできた。

五郎造が証文を取ろうとしたが、大右衛門の煙管がぴたりと押さえていた。

五郎造は無理に引っ張ることはしなかった。証文が破れることを恐れたからだ。

磬音の利き腕がふいに長脇差の鞘《さや》で押さえられた。飾り金具がやたら嵌《は》められた鞘は重く、力がずしりとかかっていた。

先ほど磬音が目で牽制していた大男だ。なんとも凄《すさ》まじい大力である。

「動くんじゃねえぜ、さんぴん」

「承知した」

磬音の声は、鞘で押さえられているにもかかわらず長閑に響いた。

子分が火箸の先の熾火を証文の上に落とそうとした。

その瞬間、磬音の押さえられていた腕がどう捻られたか、長脇差の鞘を摑んで、気配もなく抜き飛ばした。

金具の嵌《はま》った鐺《こじり》が熾火を落とそうとした三下奴の脛《すね》に突き刺さるように当たり、尻餅《しりもち》をつくように倒れた。さらに熾火が腹の上に落ちて、
あちちちちっ
と転げ回る。

間抜け面で抜き身を構えさせられた大男が、

「野郎、やりやがったな！」

と磬音に斬りかかった。

磬音は大男の内懐に入り込むと片腕を抱え込み、腰車に乗せて土間に飛ばした。

大きく宙を舞った大男が土間に叩きつけられた。

ううっ
と奇妙な呻《うめ》き声を上げて気絶した。

一瞬の争いの隙に五郎造が証文を奪い返すと、

「大右衛門、心得違いをしてるようだな。うちの先生は直心影流の達人だぜ。この場でおめえの素っ首を胴から斬り離してもいいんだぜ。どうするね」

「待った。思い出したぜ」

と顔を引き攣《つ》らせた大右衛門が叫んだ。

「なら元金三十七両と三分、利息をつけて五十両、そっくりこの場でいただいていこうか」

五郎造は証文を懐に戻しながら利息も付け加えて請求した。

「これだけの世帯を張っていても五十両なんて銭はどこにもねえ。どうでえ、秩父の鳩八親分の御用を済ませたあと、今一度青梅に寄ってはくれねえか。三日後、五十両はちゃんと耳を揃えて用意しておく」

「大右衛門、情けねえ言い訳をするねえ。渡世の面もあろうじゃねえか」

「ない袖は振れねえ道理だ。三日待ってくれと言ってるんだ。四年待ったのなら三日なんぞはなんでもあるめえ」

と大右衛門がふてぶてしく居直った。

五郎造はしばし考えていたが、

「いいだろう、三日後の夕刻まで待ってやる。そのとき、四の五の言ってみねえ。

うちの先生が、神保小路は佐々木道場仕込みの直心影流をご披露することになるぜ。覚悟しな、大右衛門」

と吐き捨てると、悠然と上がりかまちから腰を上げた。

「代貸、先ほど奇妙なことを申したな。秩父の鳩八親分のところに御用で行く道中と申さなかったか」

玉川の大右衛門の一家から旅籠に戻ると、磐音は五郎造に質した。

「あ、あれですかえ。実はもう一つ仕事がありましてねえ」

五郎造はばつが悪そうに言い出した。

「なぜ先に申さぬ」

「それを言うと旦那に請け負ってもらえたかどうか」

「話してみよ」

五郎造が覚悟を決めたように話し始めた。

「秩父にさ、娘を買いに行くのだ」

「なにっ、われらに女衒《ぜげん》の付き添いをさせようというか」

磐音より先に柳次郎が叫んだ。

「親分の兄弟分で、夜祭《よまつり》の鳩八親分という方が秩父一帯を縄張りにしておられる。鳩八親分は歳も歳だ、そうそう阿漕《あこぎ》な世渡りをする渡世人じゃねえ。秩父では仏の鳩八と呼ばれる温厚なお方さ。この鳩八親分のところに土地の百姓衆が、どうしても娘を江戸に世話してくれと泣きついてきたと思いねえ。親たちは、真っ当な奉公ではどうにもならねえ、娘も承知だ、金が稼げる女郎屋に娘を預けたいという。鳩八親分から娘の粒も揃っていると頼みが入ってねえ」

「代貸、娘を連れてくるだけならば、そなたらで間に合おう」

磐音も言った。

「それがさ、おめえさん方の腕がいるのさ」

「夜祭の鳩八は温厚な親分と申したな」

「秩父じゃなく、道中が危ねえんでさ。御府外の話で聞いたことはあるめえが、このところ女郎買いの道中に浪人一味が襲いかかり、娘たちを奪い去る騒ぎが頻発していてな。このめえも、房州から品川宿に連れてこられる娘が三人奪われた上に、女衒が斬り殺された。親分が、用心のためだ、うちの用心棒を連れていけと知恵を授けなさったんだ」

「用心棒とはわれらのことか」

柳次郎が呆れたように言い、

「房州と秩父では方角が違うぞ」

「それがさ、どこでどう知るのか、こやつらが昨日は日光街道に出たかと思うと、今日は甲州街道という具合に、八面六臂《はちめんろっぴ》の働きぶりだ。女衒というこっちの負い目を逆手に、したい放題、お上にも届けめえという高の括《く》り方でな」

「うーむ」

と柳次郎が呻き、

「娘を無理無体に江戸に連れてくるのではあるまいな」

「このご時世だ、口減らしのために娘を親が売るのさ。それに娘の方も物見遊山の気分で女郎になろうと、あっけらかんとしたもんだぜ」

「そのようなことはあるまい」

「坂崎の旦那、おめえさんは若い娘を知らねえんだ。楽しく生きようってのが、当世の娘気質《かたぎ》だぜ」

「そのようなことがあるものか」

柳次郎も口を揃えた。

「まあ、おめえさん方の目で見るこったな。それに女衒荒らしに横取りされた娘の行く先は地獄だぜ。給金もなく死ぬまで男を取らされるってやつだ。それに比べりゃ、うちが預ける深川の女郎屋なら、金を貯めて国に戻れることもあらあ」

「確かだな」

磐音が念を押した。

「それもこれも娘の考え次第さ。ともかくおめえさん自身が娘を見ることったね」

磐音と柳次郎は顔を見合わせた。

「日当一分二朱の他、無事、江戸に娘たちを届けたら三両の褒美を出すぜ」

五郎造は駄目を押すように言った。

「坂崎さん、どうします」

「とにかく秩父に参り、娘たちを見てみますか」

と答えながら、この話を知ったらおこんがどんな顔をするか、磐音は思案に余った。

三

その日のうちに五郎造一行は青梅を発《た》った。

昼の刻限の出立だが、故郷秩父が近くなって張り切った千代松の道案内で名栗《なぐり》村を目指すことにした。

青梅を出るとさすがに険しい山道に変わり、左右から鬱蒼《うっそう》とした木立が道を塞ぎ、いくつもの峠を喘《あえ》ぎながら越えることになる。まず一行の前に標高三百六十余尺の吹上峠が待ち構え、さらに二里先に千五百尺余の小沢峠が控えて、名栗村に辿りつくのは容易ではなかった。

「さすがにここまで来ると山また山ですね」

江戸は本所生まれの柳次郎が深い山並みに驚いている。だが、まだ足の歩みは衰えることはなかった。

「千代松、里とてないようだが、野宿なんてことにはなるめえな」

五郎造の声も心なしか不安そうだ。

「代貸、秩父道は札所に向かうお遍路道です。道筋の所々に寺がありますよ。日暮れになれば、寺に頼めばいい。軒先くれえは貸してくれます」

「なにっ、深川育ちの五郎造が、秩父くんだりの山中で寺の軒下泊まりか」

深川しか知らないという五郎造が情けない声を上げた。

吹上峠を越え、成木《なりき》村に入るともはや人家も見えない。

山中二里、傾く西日と競争するように小沢峠を目指す。

「五郎造どの、あっさりと大右衛門の注文を受け入れたな」

息が荒くなった五郎造の気分を変えるように磐音が訊いた。

「元々一筋縄でいく相手じゃねえんで、すぐに払うとも思っちゃいねえ。大右衛門が注文をつけて先延ばしするのは分かっていたことだ。それを三日待ったのは、仁義の世界の習わしさ。だが、この次はそうはいかねえ。野郎がなにやかやと難癖つけて借金を払わないようなら、おまえさんの腕の見せどころだ」

磐音にお鉢が回ってきた。

「あまり有難くない役目だな」

やくざと金貸しの二枚看板を掲げる権造親分も代貸の五郎造も、渡世人としてどこか甘いところがあった。そのあたりの憎めないところがまた磐音や柳次郎が付き合っていける点でもあったが、

(どうもひと騒ぎありそうだな)

と磐音は覚悟した。

山道はさらに狭くなり険阻《けんそ》になった。

「千代松、いつになったら山道が終わるんだ」

五郎造が泣き言を言い始めた。

「代貸、峠道は始まったばかりですよ。明日の山伏峠越えが一番の難所です」

「なんてこった。明日がもっと険しいだと。秩父がこんなにも難所とは考えもしなかったぜ」

五郎造が足に肉刺《まめ》をつくり、

「千代松、駕籠はねえのか」

と泣き言を言った。

「駕籠なんてありませんよ。運がよければ荷馬が見つかるかもしれませんがね」

磐音が手を引き、千代松が五郎造の腰を押しながら、ようようにして小沢峠下まで辿りついたときには、日がとっぷり暮れようとしていた。そこで予定を早めて峠下の常福院に一夜の宿を請うことにした。

翌朝、八つ半（午前三時）と思える刻限に目を覚ました磐音は、旅仕度を終えて本堂前に向かった。するとすでに千代松がいて、熱心になにかをお祈りしていた。

「早いな、千代松どの」

びっくりしたように千代松が磬音を振り向き、

「秩父に戻ってきたせいか、早く目が覚めました」

「江戸に出て何年になる」

「二年にございます」

「二年ぶりの郷《さと》か」

曖昧に頷いた千代松が、旅仕度をしますのでと本堂から宿坊に姿を消した。

磬音は参道の石畳に座すとしばらく瞑想して心を鎮め、立ち上がった。

手にした包平《かねひら》を帯に差し落とし、腰を捻って落ち着けた。心の中で、

(仏前を騒がせます)

と詫《わ》びると両足を開いた。

瞑目した。

右足《うそく》をわずかに前に開き気味に体勢を整え、呼吸を平静に保った。

脳裏から雑念を払い、無念無想の境地に達するのを待った。

両眼がかっと見開かれ、右手が腹前を躍って二尺七寸の包平がしなやかにも抜き上げられた。

刃が一条の光となり、未だ暗い秩父の闇を二つに斬り割った。

磐音が動きを止めたのは半刻（一時間）後のことだ。

今日は二千尺余の山伏峠を越えねばならなかった。

五郎造の足の回復次第だが、つらい旅になりそうだと磐音は覚悟した。

提灯を頼りに小沢峠を越えて名栗村に入ったところで、千代松の知り合いの百姓家に掛け合い、五郎造のために馬方と馬を雇うことにした。

「千代松、こいつは楽だぜ」

五郎造は馬に乗ってご機嫌だ。

「坂崎の旦那、品川さんよ、お侍を徒歩《かち》で行かせて悪いな」

「こたびは、われらはそなたの従者じゃ。懸念には及ばぬ」

磐音は、五郎造の手を引いて旅するよりどれだけ楽かとほっと安堵した。

「品川さんは大丈夫ですか」

「さあ」

とこちらも頼りない返事だ。

それでも五郎造が馬に乗ったせいで一行の足運びが速くなった。

難所の山伏峠を昼前に越え、横瀬川沿いの街道に出ると、道はだらだらとした下り坂だ。

た。


「代貸、おれが一足先に行って、夜祭の親分に知らせておきましょうか」

「そうだな、そうしてくれるか」

と馬上から五郎造が答えたときには、千代松は一気に峠の坂道を駆け下ってい
た。

「千代松め、おっ母さんの乳がまだ恋しいとみえるな」

遠ざかる千代松の背を、煙管を吹かしながら五郎造は目で追った。

「千代松どのは夜祭の親分の口利きで権造親分のもとに奉公に出たのだな」

磐音が訊くと、

「おう、そういうこった。うちに来たのが十七になったばかりの頃でよ、秩父の山奥で暮らすより江戸で一旗揚げてえと、うちの一家に来たのさ」

「十九歳なら、おっ母さんのおっぱいでもあるまい」

柳次郎が苦笑いした。

峠道から秩父の町並みが望めた。

荒川の右岸台地に開けた秩父は古来大宮郷と称し、幕府直轄の天領として二万四千六百六十二石を領し、私領は一切ない。

五郎造の一行は七つ（午後四時）前に、秩父札所の十七番定林寺前に一家を構

える夜祭の鳩八一家に到着した。

千代松が知らせに走ったせいで玄関先には打ち水がされ、家紋入りの提灯を掲げて迎えられた。

「五郎造、よう秩父まで出向いてくれたな」

鶴のように痩《や》せ、残り少なくなった白髪《しらが》を小さな髷に結った鳩八は、片腕を孫娘に支えられながら上がりかまちまで客人を迎えに出てきた。

「夜祭の親分。権造親分が心配していなさったが、思いの外、堅固そうでなによりでござんす」

「見てのとおりの老いぼれ爺《じじい》だ。まあ、ゆっくりしていきなせえ」

五郎造、磐音、柳次郎の三人は、子分が運んできた濯《すす》ぎ水で足の埃《ほこり》を洗い、座敷に上がった。

磐音は鳩八の相貌を見たとき、秩父まで足を延ばしてよかったと思った。渡世人として真っ当な稼ぎをしてきたことが皺《しわ》くちゃな顔から窺えたからだ。

五郎造が磐音と柳次郎を鳩八に、

「なにかのときに腕を貸してくれる、真っ当なお侍だ」

と紹介し、

「今度の道中を、阿漕な女衒商いと勘違いしていなさるのさ。親分から話を聞かせてやっちゃくれませんか」

と頼み込んだ。

鳩八がうんうんと頷き、

「お侍、秩父大宮は天領だ。娘を強引に買って遊里に沈めるような真似はなかなか許してもらえねえのさ。それが近頃では娘気質も変わってなあ、機屋《はたや》で一日中埃まみれになって安い給金で働かされるより、江戸に出てひと稼ぎしたいという娘っ子が増えやがった。それをまた親が望む。嘆かわしいが、ご時世かねえ。そんな娘を阿漕な女衒に買い荒らされてよ、首まで泥水にどっぷり浸からせたくはねえ。どうせ身売りをする覚悟をしたんなら、何年か後には纏《まと》まった金子を持って秩父に戻ってきてもらいてえと、権造に文を出したってわけだ」

「娘たちが望んで江戸に出たいと言われるのですね」

磐音は念を押した。

「会えば分かるだろう。世間を知らねえといえばそれまでだが、絹を織るより身に着けてえというのさ」

秩父は山間部が多く、耕地が少ない地方だ。古より収入を真綿、紙などに頼ってきた。

江戸時代、盛んになったのが秩父絹の生産だ。粗絹を素材にして織り上げた絹太物《ふともの》は、秩父の特産として市が立ち、江戸からも買い付けに来た。

「こたびは何人の娘が江戸行きを望んでいるのですか」

「六人か、いや、七人くらいにはなるかもしれねえな」

と答える鳩八に五郎造が、

「夜祭の親分。近頃、買い取った娘を横取りしていく女衒荒らしの一味が横行してやがるんでさ。そこでこの二人に来てもらったというわけだが、のんびりもしていられねえ。娘が揃えばすぐにも江戸に戻りてえんでさ」

「五郎造、すぐにも子分を走らせて娘と親を呼ぶが、娘たちの在所は秩父の外、山ん中が多いや。せめて一日余裕を見てくんねえな」

「承知しやした」

と五郎造が請け合って、鳩八が手先たちを親元に走らせることになった。

旧暦十一月の初め、秩父大宮郷は秩父妙見社の祭礼に沸く。

秩父の夜祭りとして江戸にも知られる明かり屋台が町中に引き回された。この祭りもまた絹太物取引の景気を煽《あお》るために江戸の中頃から盛んになった祭礼であった。

磐音と柳次郎は五郎造の許しを得て、定林寺前の夜祭の鳩八一家から番場にある秩父妙見社の見物をすることにした。

崇《す》神《じん》天皇の時代の創建と伝えられる妙見社の主祭神は、

「八意思金命《やごころおもいかねのみこと》、知知夫彦命《ちちぶひこのみこと》、天之御中主神《あめのみなかぬしのかみ》」

であった。

二人は拝殿に頭《こうべ》を垂れて、道中の無事と娘たちの幸運を祈った。

「坂崎さん、鳩八の温厚な面構えを見て、なんとなくほっとしましたよ」

と柳次郎が、磐音と同じ印象を語った。頷く磐音に、

「ご時世とはいえ、親と娘が望んで遊里に身を落とすとは未だ信じられません」

「山また山の秩父から見ると江戸は華やかな都でしょう。だが娘の心情はそればかりではないような気がします」

「どういうことです」

「鳩八親分が、娘たちの家はこの秩父の外、山の中と言われましたね。暮らしは決して楽ではありますまい。残された身内のために身を売ることに変わりはない

のではなかろうか」

「そうですね」

二人は夕暮れの妙見社の裏手に回った。すると遠くに茜《あかね》色の残照を映してくねり流れる荒川の光景が美しく見えた。

磐音と柳次郎は大川に通じる流れを言葉もなく眺めた。刻々と変わる日没の光に染め変えられる流れを見ながら、二人は旅情にひたった。

「千代松さん、あたしの文を読んでくれたな」

「ああ、読んだ」

「それでどうなんだ」

「おみき、途方もねえことだ」

「あたしと一緒に道中逃げ出すことはできねえというのか」

「世間はそれほど甘くねえ。逃げられるもんか」

ふいに妙見社の裏手の木陰から声が聞こえてきた。

「道案内の千代松ですね」

柳次郎が囁《ささや》き、磐音と銀杏の大木の木陰が見える場所に回り込んで暗がりに座った。

千代松と、十六、七歳と思える娘がいた。

「千代松さんがこれほど臆病《おくびょう》とは思わなかっただ」

「おみき、おめえは世間をまだ知らねえんだ。おれたち二人で暮らすなんてできっこねえ」

「あたしが他の男に抱かれてもいいだな」

おみきが千代松に迫った。

「おみき、なんで女郎になろうなんて考えたんだ」

千代松が幼馴染《おさななじ》みと思える若い娘を責めた。

「江戸に行けば千代松さんに会えるからだよ」

「そんだらことで決めたのか」

「ああ、二人で稼げばなんとでも生きていけよう」

「長屋を借りるにも請け人がいる、仕事をするにも口利きがいる。それが江戸の暮らしだ。おめえが江戸に行く道中、逃げたとなりゃあ、鳩八親分も仏の面はしていられめえ。お父うもおっ母も、おめえが身売りした金は取り戻されるぜ」

「どうしても駄目か」

「おみき、秩父に残れ。それが一番だ」

「もう、頼まねえ」

娘が草履をばたばたと響かせて、夜の帳《とばり》が下りた境内から消えた。

千代松はしばらくおみきが去った方角を見ていたが、肩を落とすようにして妙見社の表へと向かった。

磐音と柳次郎は期せずして吐息をついた。

磐音は、千代松が朝早く常福院で祈っていたのはこのことと関わりがあるのかと思った。

「娘がお気楽に江戸に身売りするわけではなさそうだ。おみきが江戸に行くとなれば、道中ひと揉めありそうだ」

柳次郎が呟いた。

「おみきが千代松の忠告を聞いてくれるといいのだが」

「五郎造の耳に入れますか」

「千代松にその気がないのです。あの若者の判断に任せましょう」

磐音と柳次郎は妙見社から町へと戻っていった。

翌日の昼過ぎ、定林寺前の夜祭の鳩八一家に、親に連れられた娘たちが旅仕度で集まってきた。

鳩八と五郎造が面会し、改めて親子に奉公の是非を問う様子を、磐音と柳次郎は次の間から見守った。

「江戸では決して楽なことばかりじゃねえ。嫌な客の相手もさせられるんだ。その覚悟があってのことだな」

仏の鳩八が最後に念を押した。

鳩八らの前に畏まった一番目の娘は母親の顔を振り返り、救いを求めるような眼差《まなざ》しをした。十八歳というが、まだ大人になりきれない貧弱な体をしていた。

付き添ってきた母親が、

「すまねえ、おまさ」

と小さい声で言った。

おまさは一瞬悲しげな顔をした後、諦めの表情に戻り、

「鳩八親分、お願えします」

と言った。

五郎造が十両と身売り証文を差し出し、母親に爪印を押させた。

娘が苦界に身を沈める代償だった。

七人目の娘がおみきだった。

行灯《あんどん》の灯りで見るおみきは江戸に向かう娘たちの中でも垢抜《あかぬ》けていたし、顔立ちもきりりと整っていた。

「おみき、おめえのところは、無理に江戸に出ねえでもなんとか暮らしは立つ家だ。機屋での腕も悪くねえ。どうだ、考え直しちゃあ」

鳩八の言葉におみきが、

「親分、あたしは、埃くせえ機屋の仕事は嫌えだ。江戸に出て、ひと旗揚げてえ」

と言い切った。

かたわらの職人の父親が、

「親分、何度言い聞かせても、江戸に出るの一点張りだ。泥水を被るのは当人が決めたことだ。仕方あるめえ」

と諦め顔で力なく言った。

磐音は、その様子を千代松が玄関先からじっと見守っているのを確かめた。父親の言葉を聞いた千代松の顔になんとも哀しげな表情が浮かんだ。

その夜、親と別れた娘たちは鳩八一家の二階で寝た。それを鳩八の子分たちと磐音らが交替で、夜通し見張ることになった。

四

翌朝七つの刻限、五郎造ら一行は娘たちを連れて、夜祭の鳩八一家を出立した。まだ暗いうちの旅立ちだ。

先頭に立った千代松が提灯を提げて、初めて秩父を出る娘たちの先導役を務める。

だが、その娘らの中におみきの姿はなかった。

五郎造に断り、磐音は千代松とおみきの二人だけを五郎造と鳩八親分の前に呼んだ。

おみきの父親が戻った直後のことだ。

「おみき、そなたは江戸に連れていくわけにはいかぬ」

突然、用心棒の侍からそう宣告されておみきは目を丸くした。そして、鳩八親分と五郎造の顔を交互に見た。

二人も、磐音がなにを言い出したかと迷う表情を見せていた。

「お侍、おめえ様はなんだね。あたしは、夜祭の親分に許されて江戸に行くんだ。それを横から口を挟《はさ》まねえでくれ」

気の強いおみきが磐音に食ってかかった。

「差し出がましいことは分かっておる。だがな、おみき、そなたが江戸に出れば、千代松が間違いをしでかすことになるやもしれぬ。そのことを承知で連れていくのはどうかと思うてな」

五郎造が慌ててなにかを問いかけ、言葉を呑み込んだ。磐音がさらに話し出したからだ。

「それがし、そなたらが妙見社の裏手で話しておるのを偶々《たまたま》見かけた」

その言葉に千代松が驚愕《きょうがく》し、おみきがきりきりと鋭い眼差しで磐音を睨《にら》んだ。

「千代松どのが代貸の道案内を自ら望んだのは、おみきから文を貰ったせいだな」

千代松が思わず頷いていた。

「おみき、江戸に出れば千代松と会える、過ごせると思うてのことだろうが、それでは女郎務めは勤まらぬ。聞けばそなたには、秩父絹を織る腕があるというではないか。秩父に残らぬか」

おみきが頬をふくらませ、余計なお節介とばかりに磐音を睨んだ。だが、千代松は、どこかほっとした顔をしていた。

「おみき、他の娘さんは自ら望んで江戸に出る者ばかりではない。身内のために苦界に身を沈めるのだ。そなたにはその要がないのだ」

「お侍、余計な世話をしないでくんな。あたしが行くと言っているんだ」

おみきが鳩八親分に救いを求めるように見た。

「そうか、千代松とおみきは幼馴染みだったな、こいつはおれが迂闊だった。五郎造、許してくれ」

鳩八親分が頭を下げて、

「おみき、そんな事情が裏に隠されていたと、この鳩八が知った以上、おめえを江戸に送り出すわけにはいかねえ。おめえは秩父に残るんだ」

仏の鳩八が宣告した。

「親分さん」

とおみきが哀訴したが、鳩八はがんとして受け付けなかった。すぐに子分二人に命じておみきは家に帰され、身売りの十両が五郎造の懐に戻されたのだった。

武甲山《ぶこうざん》に見送られるようにして、朝靄の立つ横瀬川沿いの峡谷に入ったとき、磬音は千代松と肩を並べた。

馬に乗った五郎造は柳次郎となにごとか談笑しながら、娘たちの後方から来る。話を聞かれることはない。磬音はそれを確かめ、千代松に尋ねた。

「差し出がましかったかな」

「お侍、おみきが道中逃げ出そうとおれに誘いかけたことを承知で、あのような裁きをなされたのですね」

「耳に入ったでな」

「そのことを鳩八親分が知ったら、代貸の手前、おみきを折檻《せっかん》して秩父から放り出すくらいの示しをつけねばなりませんでした。それをお侍は伏せて、ああいう裁量をなされた。おれは有難いと思っています」

「千代松どのの気持ちを聞いてそれがしも安心した」

と答えた磬音は、

「千代松どのもおみきが好きなのだな」

「おれたちは兄と妹のように育ってきたんです。おみきは餓鬼の頃から、一度こうと決めたらなにがなんでもやるという気性の激しい娘でした。そのことに何度困らされたことか。一度なんぞは向こう見ずにも、いきなり冬の荒川に飛び込んだこともある。おれも慌てて飛び込み、おみきの帯を摑んでようよう岸に引っ張り上げました。理由を聞いたら、なんとなく飛び込みたくなったそうです」

「いくつのときのことか」

「おみきが八歳か九歳の頃でした」

「おみきはそなたの気を引こうと無理難題を繰り返しているのかもしれぬな」

千代松が分かってますという顔で頷き、

「おみきが秩父に落ち着いてくれるといいのですが」

と故郷の家並みを振り返った。

だが、蛇行する流れと山並みに遮《さえぎ》られて、もはや秩父大宮郷を望むことはできなかった。

一行の後方では、

「品川の旦那」

と馬上の五郎造が呼びかけていた。柳次郎が振り向くと、

「また坂崎の旦那に助けられたようだな」

と笑いかけた。

「千代松と手に手をとって逃げ出されてみろ。おれは親分に大目玉を食らう。それに夜祭の鳩八親分の面目も丸潰れだ。おみきめ、仏の親分の裏を掻こうなんて、ふてえ娘だ」

「代貸、千代松にその気はなかったようだ」

「そうでしょうとも。だがね、あんな可愛い娘に何度も口説《くど》かれりゃ、男なんてその気になるものですぜ」

「まあ、そういうことかな」

馬上の五郎造と徒歩の柳次郎が笑い合った。

さすが権造一家の代貸を任された男、おみきが千代松に誘いかけたことを察していたのだ。

六人の娘たちは秩父を出た後、黙りこくって足を運んでいた。が、夜が明けるにつれてぼそぼそと話し出した。仲間と話せば江戸行きの不安も紛《まぎ》れる。そんな娘たちの気配を察した千代松が、

「おれも初めて峠を越えて秩父を出るときはよ、心配で心配で堪らなかったぜ」

と話しかけた。

「あれ、千代松さんも秩父の人だか」

在所から来たという娘がそれに答えた。

「おう、秩父の生まれよ」

千代松は娘たちに明るく応じた。

「男の千代松さんもそんな気になったのかねえ」

「秩父しか知らねえ者が江戸に出るんだからな、男も女も変わりはあるめえよ」

「江戸はどんなとこだね」

千代松が同郷の人間と知って、別の娘が訊いた。

「夜祭りの人出が毎日のように行き来しているところが江戸だ」

「ふーむ」

「その中には悪い奴もいれば、このお侍さんのようにいい人もいる」

と磐音を差した。

「客はおめえらの気を引こうと、いろいろと手練手管をつかって騙しにこよう。だがな、客は客だ。銭を持ってくる生き物だと思え」

「生き物か」

「ともかく心を通わせちゃならねえ」

「分かった」

「体大事に銭を稼ぐことだ。そしてよ、稼いだ銭を懐に、一日も早く山伏峠を越えて秩父に戻るんだ」

「千代松さん、戻れるかね」

「おお、堅固でいりゃあ戻れるとも。だがな、それもこれもおめえらの覚悟次第だ。客なんぞに惚《ほ》れるんじゃないぞ」

若い千代松は真剣に、遊里に身を落とす同郷の娘たちに話していた。

横瀬川の谷間に朝の光が射《さ》し込んで靄が散り、千代松の提灯の灯りも要《い》らなくなった。

秩父を出て初めて、芦ヶ久保の里で休憩した。そんな一行を、三度笠に道中合羽の渡世人が足早に追い抜いていった。

「山伏峠を越えて名栗村で昼餉が摂れればいいがな」

青梅まで今日のうちに辿りつきたいと五郎造は胸算用していた。

「代貸が馬の分、早い。なんとか青梅泊まりにしたいもんだな」

柳次郎の言葉に磐音は、借金取りの仕事が残されていることを思い出していた。

「さて行くか」

五郎造が再び馬上に這《は》い上がった。

峡谷が深くなり、山道は細くなった。

磐音らは岸辺のところどころに濃桃色の花を見せる山桜を愛でながら、一歩一歩山伏峠へと上がっていった。

昼前、山伏峠の頂に向かう尾根に取り付き、そのうち新緑の中にちらちらと頂が見えてきた。

峠を囲む山並みに遠霞《とおがすみ》が漂って、晩春の自然が見せる絵のような光景が広がっていた。

馬上の五郎造が、

「ありゃ、なんだ」

と無粋な声を上げた。

磐音らが頂を見ると十人ほどの男たちが見えた。

「坂崎の旦那、玉川の大右衛門がお出迎えだぜ」

五郎造の声が緊張していた。

「品川さん、千代松どの、娘たちのかたわらから離れないでください」

磐音はそう言いかけると一行の前に出た。するとと待ち受ける中に、先ほど一行を追い抜いていった旅仕度の渡世人がいた。

大右衛門は秩父に向かった磬音たちに見張りをつけていたようだ。

五郎造も馬から飛び降りて、磬音と肩を並べた。

「大右衛門め、借金を返しに峠を登ってきたわけじゃあるめえな」

「代貸、浪人者も三人ほど混じっておる。代貸は渡世の義理を考えたが、大右衛門親分は借金を返す気などさらさらないようだな」

「田舎やくざめ、恩を仇《あだ》で返す算段だぜ」

長脇差の柄をぐいっとひと捻りした五郎造が胸を張って、峠の頂に近付いていった。

「玉川の。わざわざお出迎えか」

「秩父じゃ、うめえこと娘を買ったようだな」

三人の浪人に囲まれた小男の大右衛門は、五郎造の言葉に余裕で応じ、

「なかなかの粒揃いだぜ」

と娘たちの品定めをしていた。

五尺に満たない大右衛門のかたわらに立った浪人ら三人は、反対に巨漢揃いだ。

血腥い仕事を身過ぎ世過ぎにしてきたことが、尖《とが》った相貌に現れていた。

真ん中の浪人が頭分《かしら》か、爪楊枝《つまようじ》を銜えていた。その右側の男はまだ懐手のままで、左側の瘦身《そうしん》は手槍《てやり》を搔い込んでいた。

磐音は菅笠の紐《ひも》をゆっくりと解いた。

「五十両の借財をわざわざ返しに来たか」

「五郎造、笑わせちゃいけねえぜ。昔から賭場の貸し借りはその場限りが定法よ。四年も前の証文を持ち出して青梅まで繰り出してくるなんざ、権造も焼きが回ったな」

「渡世人は義理を欠いちゃ、おしめえだぜ、大右衛門」

「この世は金と力だぜ」

ぬけぬけと言い放った大右衛門は懐をぽんぽん叩くと、

「ほれ、小判五十両の音だ。こいつを聞いて地獄に行きな。娘たちの売り先はすでに決めてあらあ」

とぬかした。

その言葉を聞いた娘たちの間から悲鳴が起こった。

「心配するな」

柳次郎が娘たちに話しかけ、磐音が、

「五郎造どの、後ろに下がってくれ」

と命じた。

その瞬間、横手の藪《やぶ》陰から弓弦《ゆづる》の音が響いた。

磐音は咄嗟《とっさ》に五郎造の体を後方に押し倒そうとした。

だが短矢が、よろめく五郎造の太股《ふともも》に突き立った。

千代松が五郎造に飛びついて後方に引きずって下げた。

「許せぬ」

磐音は手槍を搔い込んで立つ浪人者に向かって飛んでいた。

飛びながら包平を抜いた。だが、峰に返す余裕はない。

右膝に狙いをつけて、浅く斬りつけていた。

「おっ」

と叫んで後ろに跳び下がろうとした手槍の男が、膝下を斬り割られてよろめいた。

磐音は泳ぐ相手の手から手槍を奪うと藪陰に投げた。

わああっ
悲鳴がして、半弓を手にした浪人が姿を見せた。

その腹部には、磐音が投げた手槍が突き立っていた。

「先生、こいつを叩っ殺してくんな。褒美はたっぷり出すぜ」

大右衛門が叫び、爪楊枝を銜えていた頭分と懐手の男が剣を抜いた。

磐音は包平を正眼《せいがん》に置いた。

爪楊枝の男が上段に構え、懐手の男が脇構えにとった。殺し屋稼業に慣れた動きと連携だ。

「野郎ども、娘を奪い取れ！」

大右衛門の命が響き、子分たちが娘たちに襲いかかろうとした。それを柳次郎と千代松が身を挺して守ろうとしていた。

磐音に余裕はなかった。

爪楊枝と懐手を等分に見て、磐音は頭分に狙いを定めた。だが、動きにも表情にもそのことを見せなかった。

春先の縁側で日向《ひなた》ぼっこをしている年寄り猫のように、長閑にもひっそりと立っていた。

その構えを甘くみたか、懐手をしていた浪人が何度か威嚇《いかく》するように脇構えの切っ先を振ってみせた。

何度目かの擬勢の動きの直後、突進してきた。
その直前、磐音は爪楊枝の頭分に襲いかかっていた。
そのことを見込んでいた頭分が上段の構えから据物斬《すえものぎ》りのように剣を振り下ろした。だが、磐音の正眼の剣が爪楊枝を銜えたままの頭分の首筋に、
ぱあっ
と決まり、血飛沫《ちしぶき》が上がった。
口から爪楊枝が飛んで、よろよろと後ろ下がりに後退した頭分は、
どどっ
と崩れ落ちた。
磐音の横手から懐手の男が襲いかかってきた。
転瞬、磐音の包平が車輪に回され、突進してきた懐手の男の脇腹を掠《かす》め斬っていた。
一瞬の裡《うち》に四人の浪人が戦闘不能に陥っていた。
「用心棒どもは斃されたぞ！」
柳次郎の勝鬨《かちどき》のような声が峠に響き、娘たちを奪おうと襲いかかっていた子分たちが慌てて戦いの場から逃げ出した。

それを千代松が追おうとしたが、柳次郎が、

「千代松、小者は放っておけ」

とやめさせた。

磐音は両眼を見開いて驚愕する大右衛門に、包平を下げて歩み寄った。

「寄るな、こっちに来るんじゃねえ！」

錯乱した大右衛門が後ずさりするところに、太股に矢が突き立ったままの五郎造が待ち受けていた。

「大右衛門、おめえの渡世も今日かぎりだ」

長脇差が首筋に当てられると、
わああっ
という悲鳴を上げた。

「五郎造、おれが悪かった。五十両はほれ、このとおり懐にある」

「出しねえ」

くるりと五郎造のほうを向かされた大右衛門が懐から巾着を摑み出した。

五郎造は懐から借用証文を出すと、

「ほれ、証文は返してやる」

巾着と証文が交換された。

「これで恨みっこなしだな」

大右衛門が後ずさりしようとした。

「大右衛門、義理を欠いちゃならねえと言ったはずだぜ」

怒りを呑んだ長脇差が一閃《いっせん》されて、大右衛門の右腕がだらりと斬り下げられた。

わあああっ
と尻餅をついた大右衛門に五郎造が、

「命だけは助けてやる。大右衛門、これからは片腕で猫でも抱いておとなしく生きねえ」

と宣告した。

山伏峠の戦いから三日後、太股に矢傷を負った五郎造を駕籠に乗せて、一行は内藤新宿追分に戻りついた。すると甲州道中のほうから唐丸《とうまる》駕籠が何挺《ちょう》か連なってきて、その両側を北町奉行所の面々が晴れがましい顔で警護してきた。

「女衒荒らしの一味が高井戸宿で捕まったんだとよ」

行列を見物する野次馬からそんな声が響いてきた。

磐音は北町奉行所定廻り同心ら捕り方の得意そうな顔を見やった。

「南町は北町に出し抜かれましたか」

柳次郎が磐音に囁き、行列は大木戸を目指して進んでいった。野次馬も散り、

「さて参ろうか」

と磐音が声を上げた。そのとき、

「そなたが不在で北町に手柄を搔っ攫《さら》われたぞ」

という声がした。

深編笠を被った小男が磐音の前に姿を見せて、笠の縁《へり》を上げた。そこには南町奉行所の知恵者、年番方与力笹塚孫一の顔が見えた。

「どこに行っておった」

「はあ、秩父まで」

笹塚孫一の視線が、
じろり
と駕籠の五郎造を、そして、娘たちを見て、

「女衒の用心棒か」

「これには理由《わけ》が……」

「こたびは目を瞑《つむ》る」

と言った笹塚は、

「女衒荒らしなど捕まえても一文にもならぬ。金の生る木を見つけて参れ」

と言い残すと、さっささと内藤新宿の人込みの中に姿を消した。

第四章　星明芝門前町

一

深川富岡八幡宮前に金貸しとやくざの二枚看板を掲げる権造一家に、矢傷を負った五郎造の駕籠が横付けされた。

「代貸、お帰りなさい」

「怪我をしなすったようだが、どうなさったんで」

と問いかける子分たちに、

「大したことはねえ、矢を射掛けられただけだ。それで帰りが二日ばかり遅れたのよ」

強がりを言いながら駕籠を降りた五郎造がわざとよろめいた。

「代貸、大丈夫けえ」

と支えようとする弟分たちを手で制して、大仰《おおぎよう》にも足を引きずって上がりかまちにへたり込むように座った。

山伏峠で磐音が矢を抜き止血をした後、名栗村まで馬で来て医師の手当てを受けさせていた。医師は、

「大した傷ではないな」

と診《み》立《た》てたが、五郎造が、

「ひどく痛てえ、熱も出た」

と騒ぐので、一晩名栗村に泊まり、様子を見たのだ。

「五郎造、大丈夫か」

親分の権造が姿を見せて心配そうに代貸に訊いた。

「親分、玉川の大右衛門の野郎、ふざけたことをしやがったぜ」

と大袈裟《おおげさ》に山伏峠の一件を語った五郎造が、

「大右衛門の右腕をおれがすっぱりと斬り落としてきた。もはや渡世は続けられめえ」

と胸を張った。

「なにっ、大右衛門に成敗を加え、利息分を上乗せした五十両を腕ずくで取り戻してきたってか。そいつは手柄だ」

と褒めた権造が、

「金兵衛長屋の旦那に北割下水の旦那、おめえさんたちもようやったぜ。まあ、上がりねえ。無事帰着の祝いに、酒を酌み交わそうじゃねえか」

と誘いかけてくれた。

五郎造の田舎芝居を黙って見ていた磐音が、

「親分、気持ちだけいただこう。われらは日当を頂戴できればそれでよい」

「それじゃあ、愛想がねえぜ」

「それより親分、時折り娘たちの暮らしぶりを見に参る。阿漕な稼ぎなどさせるでないぞ。その折りにはわれらが娘たちを引き取り、即刻秩父に連れ帰る。よいな」

磐音はびしりと念を押す。

「それは心配ねえ。十両なんて銭は、うまく働きゃ二、三年で返せよう。その後は自分の儲《もう》けだ。おれが真っ当な女郎屋に仲介するぜ」

「二言はないな」

「ないない」

磐音は秩父から旅してきた六人の娘たちを振り返って言った。

「なんぞあれば六間堀の金兵衛長屋に使いを立てられよ。すぐにわれらが駆けつけるからな」

「お侍さん、ありがとうございました」

江戸に到着して新たな不安に見舞われていた娘たちが、磐音と柳次郎に礼を述べた。

旅の間に磐音と柳次郎の立場を幾分理解し、お互い信頼が通い合っていた。

「ちったあ、おれの言葉を信用してもいいんじゃねえか」

権造が苦々しく磐音を見た。

「やくざと金貸しの二枚舌は世の常でござる」

「ござるときたか」

権造はなおも酒を一緒に飲みたい気配を見せたが、磐音と柳次郎はそれぞれに日当と褒賞の三両を受け取り、門前町の通りに出た。

二人の懐には五両余りの金子があった。

「五郎造の男を上げに秩父に行ったようですね」

柳次郎が苦笑いした。

「まあ、それも稼ぎのうちです。それよりこたびは母上になんの土産もなかったですね」

「母上ならばこの小判がなによりの土産です」

二人は永代寺門前から深川を南北に抜けて、小名木《おなぎ》川に架かる高橋を渡った。

そこで二人は分かれることになる。

「坂崎さん、楽しい旅でした」

「母上によろしくお伝えください」

竪川へと向かう柳次郎の背を見送り、磐音は六間堀へと曲がった。

猿子橋にも堀端にも初夏を思わせる暮色が漂っていた。

金兵衛長屋の木戸口を入ると女たちが磐音を出迎え、一斉にその目が持ち物を点検した。

「相すまぬ。こたびは土産はござらぬ」

「そんなつもりで見たわけじゃないが、秩父はなにもないところかねえ」

長屋の女たちの姉さん株のおたねが問うた。

「山の中じゃでな」

と磬音は曖昧に答えながら、長屋に点る灯りを見た。

「お客さんだよ」

おたねが顎で磬音の長屋を指した。

磬音は頷き返すと溝板《どぶいた》を踏み、一番奥の長屋の腰高障子を開いた。すると早足の仁助が狭い台所に立っていた。

魚を煮る匂いと飯を炊く香りがした。

「そろそろお帰りの頃ではと、昼過ぎから勝手にお邪魔しておりました」

「そんなことは構わぬが」

火鉢に火が入り、薬缶《やかん》もちんちんと沸いていた。

「酒の燗《かん》をつけますか」

「先ほどから夕餉をどうしようと思いながら帰ってきたところだ。なにやら、所帯持ちの気分だな」

磬音は大小を抜き取り、仁助に渡すと、草鞋を脱いで井戸端に顔と手足を洗いに向かった。

「待っていたのが男で残念だったな」

井戸端にいた植木職人の徳三《とくぞう》が笑った。徳三も今仕事から戻ってきたところのようだ。

「いや、そういうことはないが」

「用事はうまく済んだのかい」

「なんとか無事終わった」

事情はともあれ女衒の用心棒を務めたとはとても答えられなかった。旅塵《りょじん》を洗い流して長屋に戻ると、すでに酒の燗もついていた。

「坂崎様、まずは一杯」

猪口などという気の利いた器はない。茶碗を差し出された磐音は、燗徳利から注《つ》がれた酒をまず、
きゅうっ
と飲み干し、

「美味い」

と感想を洩らした。

「おお、それがしだけが馳走になってしもうた。そなたも付き合え」

二人は互いの茶碗に酒を満たした。

「仁助、わが長屋に夕餉の仕度をしに参ったわけではあるまい」

「中居様の使いにございます。正徳丸の荷が捌け、商いの値が出たゆえ、明日の昼下がり、佃島で会いたい、とのことにございます」

（少しは儲けになったかな）

そのことを心配しながらも磐音は承知したと答えた。仁助が待っていたのは明日の面会があったからか。

「仁助、今ひとつのほうはどうなった」

「はい、それにございますが」

と仁助が居住まいを正した。

「こたびの参勤に横目《よこめ》の尾口小助《おぐちこすけ》様が加わっておられるのをご存じですか」

「横目とな」

横目とは戦国時代、軍中の警備方、風紀を正す役目で、下級武士が務めた。太平の世になった今、関前藩の横目は目付《めつけ》の下働きとして密偵などを務めていた。

「尾口小助の名にも記憶がないな」

頷いた仁助が、

「尾口様は目が弱いそうで、人を見るにも顔を傾けて左目で見られるとか。そのせいで、横目とは名ばかりの、さほどの奉公もかないませんでした。それを取り立てられたのが、ご家老の坂崎正睦様にございます」

「なにっ、父上が」

「はい。正睦様は、領内の事情に通じた尾口様の明晰《めいせき》さを見抜かれ、藩物産所を始められたときから、尾口様を領内の百姓、漁民たちとの交渉方に抜擢《ばってき》なさいました」

「ほう」

「尾口様なくして正徳丸の荷をかようにも早く江戸に運び入れることはかなわなかったと、中居様も洩らしておられます」

「それは知らなかった」

「正徳丸の出帆に合わせ、尾口様が江戸の事情を知りたいとご家老に嘆願なされて参府の端に加えられ、江戸に初めて上がってこられたとか」

磐音は横目という下級武士の尾口小助と中居半蔵暗殺未遂騒動との関わりが、未だ推測つかなかった。

「坂崎様、この尾口小助様は、摂津湊から江戸に早飛脚を立てております」

「たれに宛てたものか」

「文が届いた先は、江戸家老福坂利高《としたか》様の屋敷にございました」

磐音はなにやら納得すると、

「横目と江戸家老に接点があるとも思えぬな。奇妙な話ではないか」

「おっしゃるとおりにございます」

「利高様と尾口どのは会った様子か」

「昨夜《ゆうべ》、尾口様が利高様の役宅に忍び込むところを見届けました。ただし利高様と面会したかどうかまでは調べがついておりませぬ」

「仁助、苦労したようだな」

磐音の言葉に仁助が笑みを返した。

二人は酒を注ぎ合い、

「父上が信頼された横目は江戸に何用で参ったか」

と自問するように言った。

「もし江戸の商いを知りたいというのであれば、いずれ坂崎様と面会することになります」

「江戸の商いを知るとなればそれがしではない。他にいくらも方法があろう」

「江戸の事情に暗い方が、だれを頼れましょう。お父上もまず坂崎様の名を上げられたはずにございます」

「であろうな」

それが自然の成り行き、正睦ならば当然そう命じたはずだ。あるいは正睦の命でそのような動きをしておるか。

(なんにしてもちと訝しい)

「坂崎様には連絡《つなぎ》をつけず、江戸家老に使いを送る。おかしな話ではございませんか」

「尾口どのは目が悪いと申したな。どの程度か」

「先ほども申し上げましたが、人と対面したときには顔を傾けて左目で見るのですが、立ち居振る舞いにはなんの支障もないとのことです。ですが、字を書くとなると紙に両眼を触れるようにして書かれるとか」

「それは不便だな」

「その代わり、尾口様は異常なまでの記憶力の持ち主だそうでございます。ご家老はそのことを承知で抜擢なされたと思えます」

磐音はしばし考えた後、

「このこと、中居様はご承知か」

と訊いた。

「いえ、まずは坂崎様にお知らせしてと思いまして」

磐音は明日にもこの一件を半蔵と話し合おうと考えた。

「坂崎様、青梅へ出向かれたとのことですが、御用はお済みになりましたか」

「なんとか終わった」

やくざの借金取りの用心棒を務めたというと、仁助がまじまじと磐音を見た。

「お父上がお知りになられたら、なんと仰《おお》せられますか」

「仁助、藩におっては見えぬこともある。市井の暮らしはたれとでも助け合わねば生きてはいけぬのだ」

「では、ございましょうが」

仁助はそれ以上、磐音を問い詰めようとはせずに、磐音の空の茶碗を酒で満たした。

二

翌日、磐音は鉄砲洲河岸から佃島行きの渡し舟に乗った。すると船着場に着流しの中居半蔵と長身の青年が立っていた。

羽織袴《はかま》姿の青年は、妹伊代と祝言を挙げた井筒家の嫡男《ちやくなん》、源太郎だ。

磐音が会釈《えしやく》すると源太郎が腰を屈《かが》めた。

「坂崎様、いや、義兄上《あに》、ご壮健にてなによりにございます」

源太郎とは何年ぶりの対面か。

「よう江戸に参ったな」

「祝言の席にいていただきとうございました」

舟の舳先がとーんと船着場の杭にぶつかって止まった。

磐音は舟から陸へと飛んだ。

「もはや口を利く要もないな」

と半蔵が言った。

「不肖の兄ゆえなにもしてやれぬが、伊代を頼む」

磐音は源太郎に頭を下げた。

「こちらこそ、よろしくお引き回しのほど、お願い申し上げます」

源太郎が慌てて長身を折った。

「それがしはそなたらの祝言にも出られぬ身じゃぞ。それを承知で付き合いを願うか」

「坂崎磐音様は、豊後関前の伝説にございます」

源太郎の言葉には憧憬《どうけい》と尊敬が込められていた。

「伊代とは睦《むつ》まじゅうやれそうか」

「はっ、はい。伊代様とは共白髪までと契って江戸に出て参りました」

「なによりじゃ。だが、伊代様とはちとおかしいな」

「おかしいですか」

「伊代でよかろう」

半蔵が二人の会話に割って入った。

「立ち話もなんだ。鶍吉のところへ参るぞ」

三人は船着場近くの鶍吉の家に向かった。

漁師鶍吉の女房が亭主の獲《と》ってきた江戸前の魚を料理し、美味い酒を出す安直な魚料理屋を開いていた。

「江戸市中にもかように鄙《ひな》びた島があるのですね」

源太郎は道すがら物珍しげに島の風物を見回した。

「おいでなせえ」

居合わせた鶍吉が店に招じ入れる。

三人は海が見える小部屋で向かい合った。すぐに酒が出てきて、源太郎が半蔵と磐音の杯を満たした。磐音が燗徳利を取り上げ、源太郎に酒を注いだ。

「義兄上、よろしゅうお願いいたします」

改めて源太郎が磐音に願った。

「こちらこそよろしく願おう」

磐音は源太郎から半蔵に視線を移すと、

「まずは、藩物産所の一番船の江戸入りおめでとうございました」

と祝いの言葉を述べた。

「坂崎、それもこれもすべては河出慎之輔、小林琴平、そなたの三人が発案したこと、あれから丸々三年が過ぎたか」

三人は固めの杯のように酒を飲んだ。

「坂崎、正徳丸での売り上げじゃがな、春嵐で荷が江戸に入らなかったことが商いを有利に働かせた。なにより若狭屋が肩入れして荷を捌いてくれたのが大きい。それも若狭屋へ口利きしてくれた今津屋吉右衛門どののお蔭だ。ということは、そなたなくしては、こたびの商いはできなかった」

「中居様、さようなことはおき、利はどれほど上がりましたか」

「欲張って荷積みしてきたこともあって、若狭屋から精算された値は千八百七十三両三分だ」

「ほう、高値に売れましたな」

「関前での買い上げ料、正徳丸の賃船料などを差し引いても、千百余両の利が出ることになる。最初の船としては予測をはるかに超えた商いだ」

「中居様、まずは祝着《しゅうじゃく》にございます。ですが、二船目からは競争相手もございますゆえ、そうそう簡単にはいきますまい」

「若狭屋の番頭からも、まず三、四百両の利が上がれば万々歳と考えておいてくださいと釘《くぎ》を刺された。時に値崩れして利が出ぬときもあるそうだ」

磐音は頷いた。

「とにかく関前から定期的に荷を運び込むことがなにより大事。それに、帰り船になにを積むかの問題も残っておる」

このことは、これまでも半蔵と磐音の間で何度か話し合っていて、古着を買い込むことになっていた。

豊後関前は江戸のような消費地ではない。暮らしの物品で売れるものは限られていた。

「あれこれと褌《ふんどし》を締め直してかからねばならぬのだが、今宵くらいは祝い酒を飲ませてくれ」

と半蔵が磬音に言いかけた。

かさごの煮付け、若布の酢の物などが運ばれてきた。

三人は役目を忘れて酒と料理を楽しんだ。

「坂崎、そなた、やくざの用心棒をしたそうだな」

「仁助が話しましたか」

磬音はざっと青梅行きの経緯《いきさつ》を二人にした。

「呆れたのう。豊後関前の国家老の嫡男がやくざの用心棒か」

半蔵よりも源太郎が呆然《ぼうぜん》としていた。

「それが江戸の暮らしにございます」

「親子ともども欲がないのう」

「父上になにかございましたか」

「参府前に実高様は、国家老が六百三十石では示しがつくまいと正睦様に五百石の加増を命じられたのだ。だが、そなたの父上は藩財政の建て直しの緒についたばかり、滅相もない、と断られた。お国家老より禄高《ろくだか》の高い家が何家もある。昔からの家禄とはいえ、ちとおかしな具合ゆえ、殿も考えられてのことだ。だが、にべもなく断られたのだ」

と半蔵が可笑《おか》しそうに笑った。

源太郎は半蔵と磐音の話を、唖然《あぜん》としたり、にこにこ笑ったりしながら聞いていた。

時がゆるゆると過ぎていく。

酒を切り上げ、飯を食し終えたとき、磐音が言い出した。

「こたびの参勤出府に尾口小助なる横目が加わっているそうにございますな」

「半顔《はんがん》の小助とは、そなた、面識ないか」

半蔵が屈託のない顔で応じ、半顔とは、目が弱いために左目を突き出すように見る様子から呼ばれる渾名《あだな》だと説明を加えた。

「藩物産所設立に際して、江戸での功労の第一番がそなたなら、国許での働きは尾口小助と、正睦様は常々洩らしておられる。それほどご家老の信頼が厚い下士じゃ」

「尾口どのは江戸の事情が知りたいと参勤に加わったそうですね」

「本日、尾口も呼べばよかったか。そうなれば二人の功労者が顔を合わせることになったな」

　と半蔵が言い、

「尾口小助がどうしたな」

　と磬音に問い質した。

「中居様、御直目付《おじきめつけ》を長年務めて参られましたな」

「さよう」

「横目の尾口小助は、利高様と関わりがございましたか」

　半蔵の酔眼が険しく変わり、

「そなたの話、ただの雑談とも思えぬな。なんぞ仔細があってのことらしいのう」

「尾口どのが摂津湊から利高様に書状を早飛脚で送り、江戸に入府後、面談をなしたとの情報がございます」

「うーむ」

　半蔵の目が据わった。しばし腕組みし、それを解くと顎《ほど》を片手で撫で上げ、沈黙して考えた。

「坂崎、それがしの暗殺未遂に尾口小助が関わりを持つと申すか」

源太郎が驚きに目を瞠《みは》った。だが、声には出さなかった。

半蔵が不逞《ふてい》の浪人たちに襲われたことは藩屋敷には内密にされていた。

「分かりませぬ」

と首を振った磐音に、

「それがしも江戸家老の利高様の変貌《へんぼう》ぶりにはいささか驚いておる。江戸の華やかさに目が眩《くら》まれたか、茶屋通いは頻繁、時に昼遊びもなさる、金遣いも荒い。当然のことながら、藩務に支障を来たしておる。だがな、遊び呆《ほう》ける利高様には刺客を操る才覚はないと見ておったが、それがしの勘違いかのう。そなたは、宍《しし》戸文六《どぶんろく》の再来と危ぶんでおるのだな」

と憮然《ぶぜん》と呟いた。

「そこまでは言い切れませぬが」

宍戸文六は前《さき》の国家老である。関前藩の藩政を長年にわたって意のままにし、多額の借財を負わせた上に藩内に不信と恐怖を蔓延《まんえん》させる専断政治を強いてきた人物で、混乱の元凶だった。

江戸にあった磐音らは、恐怖政治の打破と藩財政改革のために国許に戻った。

だが、帰国早々に宍戸派の姦計《かんけい》に落ちて、河出慎之輔、小林琴平という有為の人材を失うことになったのだ。

関前藩は、宍戸派の専断老害政治にどれほどの犠牲を強いられてきたか。

「坂崎、言われてみれば、利高様は短い間に側近を作り、江戸藩邸の実権を握ってしまわれた。これに尾口小助の才覚が加われば、厄介なことになるぞ」

「父上は尾口どのの人となりを承知で登用しておられるのですね」

「正睦様は、尾口小助の領内隅々の浜から山里にまで行き届いた人脈と知識を重宝なされて、藩物産所に登用されたのだ。藩内には、この一件について、横目などの下士を使われるのはいかがなものかという異論があったのも事実だ。だが、正睦様は、これほど藩内のことを、それも海と山の物産に精通した藩士がいようか、その知識と才覚を役立てるのは関前のため、と尾口を抜擢なさった。こたびの江戸行きについても、消費地江戸の現状を尾口が知れば、さらに国許での品集めに役立とうとのお考えで許されたのではないかな。その辺の事情は、それがし正徳丸に乗っていたで、とくと知らぬ。まさか利高様と結びつき、なにかを策そうなどとは、ご家老も努々《ゆめゆめ》考えてはおられるまい」

利高の江戸家老就任に関わったのも正睦ならば、こたびの尾口小助の登用にも正睦が関係していた。もし、二人が組んで、宍戸派の再現をなすようなことになれば、正睦の責任は大きい。

「坂崎、ちと肚を据えてかからねば厄介なことになるぞ」

しばし沈黙が支配した。

「お尋ねしてようございますか」

と源太郎が断った。

「話してみよ」

半蔵が頷いた。

「中居様が暗殺されかけたとのことですが、なぜにございましょうか」

「それだ」

と半蔵が言い、

「それがしを殺したからといって、なんの役にも立つまい」

「いえ、それは違います」

と磐音が言った。

「正徳丸の成功で豊後関前藩の藩物産所は大きな意味を持って参りました。関前と江戸との間に定期雇船が往来するようになれば、確実な利を生む途が生まれます。その組頭《くみがしら》である中居様の力もまた大きくなりましょう」

「それがしはただ役目でやっておるだけだ」

「そのように考えぬ連中もいるということです。中居様が実権を掌握される前に、藩物産所をわがものにと考える人物が現れたとしたら」

「それが利高様と尾口か」

「今のところ、そうとは断定できませぬが」

「坂崎、極秘に調べる」

　と宣告した半蔵が源太郎に視線を向けた。

「そなた、これまで藩政に関わりなく生きてきたであろうな」

「代々御旗奉行にございますれば、藩政には首を突っ込むなと父に教えられて参りました」

「だがな、そなたのように無関心であればあるほど、関前には腹の黒い鼠が跋扈《ばっこ》する土壌が残されておるということじゃ」

「はあっ」

　と源太郎が曖昧に頷く。

「ここにおる坂崎も、先の藩騒動の犠牲となって藩外に出た者だ。今、われらが藩物産所に望みを託しているは、藩財政を立て直すことこそ、かような人物の跋扈を許さぬ健全なる藩政の近道、且つ家臣、領民が人並みの暮らしを取り戻せる方策と信じておるからだ。だからこそ、かような真似は決して許すわけにはいかぬのだ」

半蔵の口調には静かな怒りがあった。

「はい」

「それがしが今日、そなたを坂崎と対面させたは、ただ義理の兄弟同士の顔合わせの手引きをしたというばかりではない。そなた自身の目で藩の内外に起こっておることを承知してもらわねばと思うたからじゃ」

「中居様のお気持ち、肝に銘じます」

「よし」

と半蔵が頷き、

「ところで、実高様からのお言葉じゃ」

と磐音に向き直った。

「宮戸川の鰻《うなぎ》を、磐音が割いた蒲焼を食したいものじゃと仰せになっておられる。つまりは、そなたに会いたいということじゃ」

「中居様、いつなりとも参上いたしますとお伝えください」

源太郎は、義兄の磐音が今も藩主の実高に信頼され、豊後関前藩復興に深く関わっていることを知って、

（微力ながら義兄上の力になりたい）

と心に誓った。


翌朝のことだ。

磐音が六間湯でゆったりと体を浸していると、石榴口《ざくろぐち》を潜《くぐ》って細身の影が入ってきた。

「鰻割きの仕事の後はこちらだそうですね」

浮世絵師の北尾重政だ。

「浅草から深川まで湯に入りに来られたか」

「時にあなたと会いたくなりましてね、橋を渡って参りました」

「無粋者の顔が見たいとは、そなたも変わり者だ」

「秩父に行かれたそうですが、女衒の真似事はどうでしたか」

「早耳だな。長屋暮らしなれば、なんにでも手を出さねば生きてはいけぬ」

「とはいえ、苦界に身を沈める娘を買いに行くやくざの用心棒を務めて、娘たち

に慕われる御仁はそうそういませんよ」

　北尾は、奇妙にも磬音の行動を仔細に承知していた。

　だが、北尾は艶絵を描かせたら当代の第一人者だ。吉原ばかりでなく四宿の遊里の闇に繋がりを持っていても不思議ではない。

「娘たちに会われたのか」

「表櫓《おもてやぐら》の一酔楼で、秩父から連れてこられた娘たちが見習いをしておりましたよ。一酔楼の亭主はその昔御家人だった男で、女郎は売り物買い物と男衆にも言い聞かせて、大切にすることで知られています。権造親分もあなたに釘を刺されたのが利いたか、深川でも一番真っ当な女郎屋に娘たちを仲介しましたよ」

「それを聞いて安心しました」

　磬音の返答に北尾が頷き、

「だがもうひとつ、安心できない話があります」

　と前置きした。

　磬音がまさかという顔で北尾を見た。

「ええ、白鶴太夫のことですよ」

「なにかありましたか」

「近頃の白鶴太夫の消息をご存じですか」

磐音は首を横に振った。

「今や白鶴太夫は、三浦屋の高尾を凌《しの》ぐ売れっ子花魁です。大名、大身《たいしん》旗本、魚河岸の旦那衆、札差《ふださし》と、丁子屋には白鶴と宴席を持ちたいという金持ち連中が引手茶屋から引きもきらぬそうな。宇右衛門の旦那の高笑いばかりが吉原には響いていますよ」

「…………」

「坂崎さん、十八大通《じゅうはちだいつう》という言葉を耳にしたことがありますか」

「十八大通ですか。人か物か区別もつかぬが」

「人か物かはよかったな」

と北尾が苦笑いした。

「江戸の蔵前通りに、札差三組、天王町組、片町組、森田町組と分かれて、百九人の札差がお上によって許されております」

磐音が頷く。

札差は旗本御家人から切米《きりまい》手形を預かり、禄米《ろくまい》を米相場で換金する代弁人のことで、その手数料はおよそ決まっていた。

「百九人の中でも、高利を貪《むさぼ》って大金を蓄えた札差の旦那衆が十八大通と呼ばれて、贅《ぜい》を尽くした遊びを繰り返しております。頭分《かしら》は、隠居名を暁雨《ぎょうう》と号する大口屋治兵衛《おおぐちやじへえ》という旦那だそうですが、実態ははっきりしていません。まあ、私が思うに、金にあかせて遊んでいる間は、通人とは言い難い。とにかく、この十八大通が白鶴太夫に目をつけたと思ってください」

磐音はただ頷いた。

「だれが白鶴太夫とねんごろになるか、賭けをしたとかしないとか。その賭け金が一人千両と途方もなく、白鶴太夫の証文を得た一人が一万八千両の総取りの大博奕《おおばくち》だとか」

「なんと馬鹿げたことを」

「そう思うのが普通です。だが、十八大通なんて気取った連中は金にあかせた遊びに夢中になっています。そいつをどこぞの読売が書き立てて煽る。坂崎さん、私が心配しているのは、こやつらか、周りの連中が、なんぞ白鶴太夫にしでかさないかということです」

磐音は北尾の危惧《きぐ》をなんとなく理解した。

「それに、早晩、町方に目をつけられましょう。白鶴太夫が巻き込まれないともかぎらない」

「今のところ、なにも起こってはおらぬのですね」

「起こってからでは遅いですよ」

白鶴は太夫の位を得たとはいえ、遊女に違いはない。それを当代の分限者《ぶげんしや》が競い合ったからといって、なんの罪科《つみとが》に触れるわけではない。

「今夕、十八大通が仲之町の七軒茶屋の大吉楼に集まって、賭け事の相談をするということです」

「相分かった。そなたの忠告、徒《あだ》やおろそかにはいたしません」

と答えた磐音だが、どうしたものか考えがつかなかった。そこで話題を移した。

「おこんさんを描くことは諦めたのですか」

「なんのなんの、北尾重政、いったんこうと決めたらなかなか諦めるもんじゃありません。ですが、近頃はおこんさんよりも坂崎磐音という人物に興味があって、いろいろとお節介をやきたくなるってわけです」

と苦笑いした北尾重政と磐音は揃って湯から上がると、六間湯の前で別れた。

金兵衛長屋に戻りながら、磐音は考えた。

官許の吉原のことだ。まず、遊里を仕切る四郎兵衛に相談するのも手だと考え

てはみた。だが、

（今度ばかりは無理であろうな）

と思い直した。

吉原会所の頭取《かしら》の四郎兵衛は、吉原のために働く立場にあった。十八大通なる連中が銭金を費消することを歓迎しこそすれ、それを阻止する立場にはない。むろん、賭けが過熱してなにかが起こったときには動くだろう。だが、今の時点で相談を持ちかけるのは早い。

となれば……磐音は金兵衛長屋に戻り、着替えをした。着流しの腰に大小を差し落とした磐音は、初夏の陽射しを避けて菅笠を被った。

その格好で永代橋を渡り、日本橋川を西に上がって、日本橋から江戸の目抜き通りを進み、新両替町四丁目の辻を数寄屋《すきや》橋へと折れた。

磐音が訪ねたのは南町奉行所だ。

与力二十五騎、同心百二十五人を束ねるのが、五尺そこそこの体に大頭をのせた、切れ者与力笹塚孫一だ。

門番に通すと笹塚は役所にいた。

「このような刻限に珍しいな」

役所の中に食べ物の匂いがしていた。

昼餉の刻限だった。

「間の悪い時間《とき》に参りましたな。出直して参りましょうか」

「なんの。そなたなればいつでも歓迎いたす」

と愛想よく応じた笹塚は若い同心を呼んで、

「膳を二つ用意させよ」

と命じた。

町奉行所の与力同心の俸給は安かった。その代わり、弁当を持参しなくてよい。昼と夕べに料理が出るのだ。これらの費用は、大名家や大身旗本、さらには豪商などの付け届けを充当したから、

「奉行所の食事は料理屋並み」

と世間に噂されていた。

「昼餉を食べることをつい忘れておりました」

「それほど心を悩ます問題が生じておるということだな。結構、結構」

と笹塚自ら茶を淹れた。

「笹塚様は十八大通と称する通人をご存じにございましょうな」

笹塚の茶を供する手が止まり、

ぎらり

と目が光った。

「そなたから十八大通のことが聞けるとは思わなかったな」

「無粋者ゆえ、遊びにはとんと縁がございませんからな」

ふふふっ

と笑った笹塚が、

「申してみよ」

と先を急がせた。

「聞き込んだのはわずかなこと。それに、笹塚様に知恵を拝借に来ただけのことにございます」

「銭金にはならぬと申すか」

「おそらく笹塚様の期待にはそぐわないかと」

磐音は北尾重政から聞いた話を告げた。

話を聞き終えた笹塚が腕組みをして考えた。

小さな体の上にのった大頭が傾き、長いこと沈思した後、にやりとした笑みを洩らした。

「坂崎、このことには前々から頭を悩ましていたところだ。市中取締諸色掛《しょしきがかり》からも報告を受けておる。あいつらを取り締まるよい機会になるやもしれぬ」

と笹塚が言った。

「十八大通なんぞと粋がっているが、所詮商人《しょせんあきんど》じゃ。高利を貪って武家をないがしろにする罪、許し難し。きついお灸《きゅう》を据えてやる」

「と申されますと」

「坂崎、そなたの関心は白鶴だけであろう。だが、こいつを持ち込んできたのはそなただ。いずれ手を貸してもらうやもしれぬ」

「なにをせよと」

「十八大通と称する輩《やから》が十八人なのか、蔵前の札差だけなのか、今のところ判然としておらぬ」

十八大通が世に知られるようになるのは安永六年（一七七七）に入ってのことだ。その正体は未だ南町奉行所でも摑んではいなかった。

「暁雨こと大口屋治兵衛が頭分であることは確かだろう。あやつらは遊び名で呼び合って、正体をはっきりと見せておらぬ。とにかくあやつらの力を過小に見てはならん。金の力であちらこちら封じ込めておるからな。だが、そなたとわしが組んだ以上、あやつらに泣きっ面をかかせるまでは、坂崎、そなたとは一蓮托生《いちれんたくしょう》だぞ」

と切れ者の与力が不敵に笑った。

そのとき、昼餉のお膳が運ばれてきて、磐音の興味はそちらに向いた。

膳には膾《なます》、平目の切り身、竹の子の木の芽和《あ》え、鰆《さわら》の塩焼き、汁は鰯《いわし》のつみれに根芋《ねいも》と椎茸《しいたけ》という、なかなかのご馳走だ。

「馳走になります」

と合掌した磐音の気持ちはすでに膳にあった。

三

「正徳丸の荷が千八百七十三両三分の売り上げになりましたか」

今津屋の老分番頭の由蔵が頭の中で算盤《そろばん》を弾いた。

いつものように女衆《おんなし》が忙《せわ》しく立ち働く広い台所の板の間だ。

磐音は南町奉行所に笹塚を訪ねた後、今津屋に立ち寄っていた。

「粗利がおよそ千両から千二百両見当ですかな」

「およそそんなところかと」

「千石船一隻だけで千数百両の利を上げたとなれば、まあそこそこの商いです。ですが、坂崎様方が思案なされて数年の歳月に何人もの人材が失われたことを思えば、利は薄うございます。それにこたびは嵐が関前藩に味方した。そうそううまくいくわけではありません」

「おっしゃるとおりにございます。いかに豊後関前から定期的に運び込み、いかに江戸の商いを確かなものにするか、第二船以降に成功の有無はかかっていましような」

「まあ、第一歩はうまく踏み出されました」

由蔵がそう言うとおこんが二人の前に茶を運んできて、

「伊代様のお婿さんには会ったの」

と訊いた。

「会いました。茫洋《ぼうよう》というか、鷹揚というか、万事におっとりしております。伊代には勿体《もったい》ない人物と思えます」

「義兄《あに》が居眠り磐音なら、義弟《おとうと》はおっとり侍だって。いったいどんなお婿さんでしょうね」

　とおこんが首を傾げた。

「源太郎どのもこちらに挨拶をと申しておりますので、近々連れて参ります」

　佃島での別れ際、源太郎が、

「伊代から命じられてきました。義兄上、今津屋様にご挨拶したいのですが、ご迷惑でしょうか」

　と磐音に許しを請うたのだ。

「いつでもどうぞ」

　おこんの返事に磐音は茶を喫し、茶請けの金鍔《きんつば》を美味そうに食した。

「領分違いとは思いますが、老分どのは札差について承知されておりましょうな」

「ほう、札差のことを知りたいとおっしゃるので」

　由蔵も茶を喫しながら、訝しげな視線を磐音に向けた。

「それがし、札差と関わりを持つ機会はございませんでした。なぜ、禄米受け取りの手数料であれほどの分限者となられたか、そのからくりが知りたいのでございます」

る仕事である。

札差は、知行地《ちぎょうち》から上がる禄米や蔵米取りの旗本御家人に成り代わって換金す

「札差の代弁料は元々百俵（三十五石）で金一分と言われましてな、さらに自家用の米を省いた米を売る手数料が百俵につき二分でした。最大限三分の手数料では、旗本八万騎といわれる幕臣の蔵米百五十万余俵をことごとく札差が扱ったとしても、手数料の総額はせいぜい一万三百十両余にすぎません。これを札差百九株で分けるとなると、大した額にはなりません」

「そこです、それがしの疑念は」

「坂崎様、旗本御家人は三季御切米と称して、春夏に四分の一ずつ、冬になって残りの半分を渡される仕組みはご存じでございますな」

磐音は頷いた。

「品川様方の暮らしを見るまでもございませんが、旗本御家人の暮らしが立ちゆかぬようになったのは、幕府開闢二十余年後の寛永《かんえい》年間（一六二四～四四）辺りからにございます。いえね、元々旗本御家人の扶持《ふち》は、何石に対して何人の兵士と軍役、兵賦《へいぶ》のためのものと決まっているので、好き勝手には使えません。つまりは貧乏するようになっております」

と由蔵は言い切った。

「そこで苦し紛れに旗本御家人衆は、切米手形を担保《かた》に前借りをなさるようになる。だが、支払い時期が巡ってきても、旗本御家人は前借りした商人に借金は返せません。札差から渡される金子は、すでに使い途が決まっているからです。前借りされた商人がいくら札差に文句を言っても、切米の代金ばかりは当人に渡される仕組みです。当然、商人は訴えを起こすのですが、これがいつの時代も多くて埒が明かない。そうこうするうちに次の切米の季節が巡ってくる。ともあれ、旗本御家人の札旦那と札差の蔵宿《くらやど》との関係は、腐れ縁のようなもの、密接なものとなっていきました。元々、札差はさほどの資力を持った者たちではありませんでした。それが金主を見つけ、蔵米取りの武家を相手に金融に乗り出すようになりましたが、この利息が馬鹿にならない。なぜなら、武家相手の貸借は町人のそれより危険が大きいので、札差は旗本御家人から利息を年二割ほども受け取るのです。さらに仲介が成り立てば一割五分以上も謝礼を要求するので、借主の武家衆は、三割五分以上の利払いをせねばなりません。軍役といい、兵賦といい、高利の借金といい、旗本御家人の暮らしが立ちゆかぬのは道理にございます。そこで札差を代えて別の札差に代弁させたり、家来の名義で受け取ったりと、武家方もいろいろと工夫はなされた。だが、札差の知恵にはかないません。旗本八万騎は首根っこをぐいっと札差に押さえつけられているというのが現状にございます」

磐音は品川柳次郎の屋敷を思い出していた。

後の寛政《かんせい》元年（一七八九）、幕府により、札差は旗本御家人の債務の棒引きを命じられた。

その額はなんと、

「金百十八万七千八百八両三分と銀四匁《もんめ》六分五厘《りん》四毛《もう》」

であったという。

この数字はおよそ幕府の一年の収入に匹敵しようという額だ。

この「棄捐《きえん》令」によって債権を棒引きにされた札差たちは、それでも平然としていたという。それだけ札差の力が巨大化していたのだ。

由蔵は茶を喫し、また話を続けた。

「先ほど旗本御家人の暮らしはすでに寛永年間に破綻《はたん》を来たしていたと申しましたな。このところの明和から安永にかけて、札差の謝礼と手数料が一段と上がりましてな、お上が新たに問題になさるほど高利暴利に及んでおります」

磐音はただ頷く。

「昔も今も、旗本御家人の三季御切米は変わりがございません。春というのは二月から三月まで、夏というのは五月から六月まで、冬というのは十月から十一月でございます。春から夏までの間がひと月に対して、夏から冬の御切米をいただくまで三月《みつき》もございます。ここで、内所の苦しい旗本御家人相手に三月縛りという貸方が出てきます。約束のときに支払えないと証文を書き換え、ひと月の内に書き換え以前の利息と書き換えの後の利息の二重取りをするのです。これを『踊り』と称します。つまり、夏の切米から冬の切米までの間を食いつなぐために三月縛りという貸付方が生まれ、ますます札差に金が集まり、旗本御家人衆の内所は苦しいものになっていったのです」

磐音はもはや返す言葉もない。

「その昔、蔵宿（札差）は札旦那（旗本御家人）とともに生きていこうと工夫もし、情けも互いにかけ合ってきました。だが、昨今の札差連中は札旦那がどうなってもいいというふうで、驕《おご》り高ぶっておりますな」

同じ金融に携わる両替商の老分番頭が札差を批判した。

札差と両替商は同じ金融とはいえ、札差の相手は武家、両替商は町人が主たる取引先だ。

古《いにしえ》より利と数に疎いのは武家の習い、それがまた武士らしい美徳と叩き込まれてきたのだから、札差が客の旗本御家人を操ることなど朝飯前であったろう。

「そんなところに十八大通が生まれたわけですね」

「十八大通に関心がおありですか」

さすがに由蔵は十八大通を承知していた。

おこんも磐音に注意を向けた。

「北尾重政どのからの知らせにございます」

と重政から告げられた白鶴をめぐる十八大通の金にあかせた賭け話と、笹塚孫一に相談したことなどを告げた。

「十八大通なんて野暮のきわみよ。小判を振りまいて遊女衆の気を引こうなんて虫酸《むしず》が走るわ」

「おこんさん、虫酸が走るとばかりも言っておられませんよ。絵師どのが心配なさる気持ちはよう分かる」

「でも、老分さん、千両の賭けだろうがなんだろうが、勝手にやらせておけばいいことよ。白鶴太夫が、ちゃらちゃらした成金通人なんぞに惹かれるわけはないわ」

「おこんさん、札差は二本差し相手の商いです。諍いになって、刀を店先で振り回すなんてことが日常茶飯事なのです。そこで相手する番頭などは、算盤一つで刀と斬り合う気構えの者が務めているものです。ところがです、とくに遊び人の大口屋治兵衛様などは、昨今密《ひそ》かに浪人者や渡世人の用心棒などを連れ歩いておると聞いたことがございます。総額一万八千両ともなれば、こやつらが主思いに馬鹿なことをしでかさぬとも限りませんよ」

「なんてことでしょう。老分さん、なにか知恵はないんですか」

「十八大通がだれだれとはっきり名指しはできないのです」

「笹塚様もそう申されておりました」

「数も十八人より多いという噂もございます。また、蔵宿（札差）以外の者も加わっているということです」

としばし考えた由蔵が、

「坂崎様は吉原会所の四郎兵衛どのと昵懇でしたな。これは四郎兵衛どのの知恵を借りたほうがいい」

「それがしも考えないではなかったが、十八大通は吉原の上客の中の上客にございましょう。吉原の商いの邪魔になってはと案じておったのです」

「ですが、知恵者の笹塚孫一様が十八大通の取り締まりに動くとなると、吉原の受け止め方も変わって参りましょう。それに今宵、十八大通が吉原で集まりを開くとなれば、早いほうがいい。まずは忌憚《きたん》なく相談してごらんなさい」

と由蔵が勧めた。

磐音は南町奉行所から今津屋、さらに吉原へ回ることになった。

大門を潜るとき、磐音はこの遊里に奈緒が、いや、白鶴が住み暮らしていることを思った。だが、二万七百六十余坪の五丁町の塀は、磐音と白鶴の間を幾万里にも隔てていた。

そのことをとうの昔に覚悟した磐音だ。

ただ陰から白鶴の暮らしを守る、そのことに徹しようと考えていた。

大門の右手の吉原会所に頭取《かしら》の四郎兵衛はいた。

「おや、吉原に坂崎様がお訪ねになるとは、珍しいことがあるものだ」

吉原の町奉行職ともいえる四郎兵衛が笑みを浮かべた顔を向けた。

「四郎兵衛どののお知恵を拝借したく参じました」

「坂崎様の用事となれば一つしかない。先の太夫選びで二の位に選ばれた白鶴太

「夫のことですな」

「いささかご迷惑な話とは存じましたが、四郎兵衛どののご意見を承《うけたまわ》ろうと参上しました」

「当ててみましょうかな。まず十八大通の馬鹿げた遊びではございませんか」

さすがに吉原の治安と自治を守る四郎兵衛は承知していた。

「白鶴太夫が通人方の口の端にのぼり、賭けの対象であれ、話題にされるのは遊女冥利《みょうり》に尽きる話かと思います。ですが、過熱いたさば火傷《やけど》するのは道理にございます」

と言った四郎兵衛が、

「それで坂崎様のご心配はなんでございますな」

と磐音に訊いた。

「十八大通方のちと行き過ぎた遊びにお灸を据えようと考えておられる方がございます。それが暁雨どの方と吉原にどのような影響を与えるかと、余計なことを考えましてございます」

四郎兵衛の慈眼が光った。

「お灸を据えるとは、お上にございますな」

「笹塚孫一様と坂崎様は親しき仲にございましたな」

「はい」

笹塚はこれを機に十八大通の正体を暴いて、その思い上がりに掣肘《せいちゅう》を加えようとしていた。

四郎兵衛がしばし瞑想した。そして、ゆっくりと口を開いた。

「十八大通の遊びを歓迎される茶屋、妓楼は多うございます。なにしろ小判の雨が座敷じゅうに降るのですからな。だが、そのために茶屋が潰れたり、妓楼が停《ちょう》止《じ》や潰しにあっては元も子もない。旗本八万騎を押さえつけている札差といえども、幕府の監督下にあることに変わりはございませぬ。お上を怒らせるとどのような仕儀に至るか、吉原は重々承知にございます」

四郎兵衛はまた思案した。

「十八大通に賭け金千両などという途方もない遊びを諦めてもらえば、南町も手は出せぬかと思います」

「坂崎様、暁雨様方は、世の常識とかけ離れた遊びゆえ命を張っておられるのです」

「二人の遊女に賭け金千両、総取り一万八千両もの遊びで身を滅ぼしてもよいと申されるので」

「商人にとって命よりも大事な金子を湯水のように使い、捨てる。そのことに通と粋を感じておられるのです。それこそが、どのように威張ろうとも武家方の風上には立てない者の意趣晴らしなのです。それだけになんとも止めようがない」

ふーう
と磐音は息をついた。

「坂崎様が私に会われることを笹塚様はご承知ですか」

「いえ、それがしの一存で」

「吉原としてはようやく選んだ三人太夫の一人に傷がつくような醜聞は困る。といって、茶屋や妓楼は金の生る木の十八大通を怒らせたくはない。それればかりか、大いに歓迎なされよう。どうしたものか」

なおも四郎兵衛は思い迷っていたが、

「しばしお待ちを」

と磐音に言い残すと座を立った。

四郎兵衛が戻ってきたのは半刻（一時間）も後のことだ。

「坂崎様、今宵、四郎兵衛に付き合うてくだされ」

清掻《すががき》がどこからともなく響いていた。

四郎兵衛と磐音は、茶屋の二階から仲之町の桜の枝越しに、七軒茶屋大吉楼の二階座敷を眺めていた。

そこには鬼簾が引き下げられて、中の模様は見えなかった。だが、女の嬌声《きょうせい》や幇間《ほうかん》の騒ぐ声が響いてきた。

十八大通が居流れて、酒を飲んでいるのだ。

「見えませぬな」

磐音が言うと四郎兵衛が、

「なんの。その内にあちらから正体を見せますよ」

と請け合った。

その言葉を待っていたように、するすると鬼簾が上げられた。

なんとも奇妙な扮装の通人たちだった。

大黒紋を加賀染にした小袖を着て、鮫鞘《さめざや》の脇差を差し、髷は刷毛《はけ》先を短く、中剃りを広くした、

「蔵前本多」

という独特の髷をしていた。

顔は歌舞伎の隈取《くまど》りよろしく派手な化粧をして、素顔が見えなかった。そんな十八大通が遊びに興じているのは投扇《とうせん》だ。

的に武者人形を並べ、幇間やら芸者たちに騒ぎ立てさせて、扇子《せんす》を飛ばして遊んでいた。

投扇の的の武者人形は武士であろうか。

ふいに、

「遅いやな、遅いやな。白鶴お迎え遅いやな」

という声が一座から湧き起こった。

十八大通の一人が立ち上がって、踊り出した。すると芸者や幇間がそれに和した。仲間たちも立ち上がり、総踊りになった。

どうやら十八大通は集まりに白鶴太夫を呼んでいたようだ。

そのとき、仲之町の通りに歓声が起こった。

遊客や冷やかしの男たちの視線が一斉に仲之町の奥を見た。

磬音も茶屋の二階から窺った。

白の長柄傘がまず見えた。傘の縁には白鶴が飛翔する模様が描かれていた。

「見ねえな、丁子屋の白鶴だぜ」

「若いのに貫禄だねえ」

通りからそんな感想が聞こえてきた。

磐音も、差しかけられた長柄傘の下に、薄化粧をした白鶴を見た。

運命に翻弄され、遊里を転々とするたびに道中双六《すごろく》の上がりのように官許吉原に辿りつき、その頂点を極めた太夫の姿に奈緒の面影を重ねて見ていた。

白鶴の花魁道中は磐音の視線の先で止まった。

十八大通の待ち受ける大吉楼の前だ。

すると大吉楼の二階の鬼簾がさらに引き上げられ、化粧顔の十八大通たちが、大吉楼の二階から身を乗り出すようにして、仲之町を見下ろした。

その数は二十人を超えているように思えた。

「太夫、よう来なすった。白鶴の舞なんぞを見せてもらおうか」

一人が言いかけると懐から小判を摑み出し、白鶴に向かって撒き始めた。すると仲間たちが一斉に真似た。

白鶴の周りに黄金の雨が降っていた。

うおおおっ

という叫びとともに、冷やかし客が黄金の花を拾おうと屈み込んだ。

白鶴はその光景には一顧だにせず、二階座敷の十八大通に嫣然とした笑みを送ると、今来た道をくるりと引き返し始めた。

黄金の雨が降りやんだ。

凜《りん》とした白鶴の行動に四郎兵衛が忍び笑いを洩らした。

「十八大通を袖になさる花魁は、白鶴太夫のほかにはございますまい」

磐音は白鶴の若さが先々仇をなさぬかと心配した。

「これでまた、白鶴の評判が上がりましょう。一方、十八大通はなにがなんでもおのれのほうに靡《なび》かせてみせると必死になりましょうな」

「過熱すればするほど、廓だけが利を得ることになります」

「だが、頃合いを考えぬとお上が強権を使われます。その兼ね合いが難しい」

磐音は急に白けた大吉楼の二階座敷に視線を戻した。すると一人だけ通人が残って、醒《さ》めた視線を白鶴の去ったほうへ向けていた。

「あの人物が、暁雨こと大口屋治兵衛様にございますよ」

磐音は醒めた眼差しに退廃と虚無を見ていた。遊びに徹しようとしてどこか徹しきれない苛立《いらだ》ちを隠していた。

「そのうち坂崎様に、暁雨様をご紹介いたしましょうかな」

と四郎兵衛が言った。

四

夕間暮れ、早足の仁助が長屋を訪れたとき、磐音は井戸端で米を研いでいた。

「仁助、夕餉を食して参るか」

磐音の誘いに仁助が、

「この後、御用で回るところがございます」

と残念そうな顔で断った。

「中居様が、明日の昼前、下屋敷に来られよと申されました」

「実高様とお代《だい》の方様がご静養か」

仁助が頷いた。

「承知したとお伝えしてくれ」

翌日、宮戸川を早めに上がり、六間湯に行った。

長屋に戻った磐音は、年の瀬に今津屋から頂戴した山吹鼠《やまぶきねず》の小袖の着流しに大小を差し落とした姿で再び宮戸川に戻った。

旧主夫妻にお目にかかるのだ、羽織袴をと思ったが、長年着古した羽織も袴も毛羽立ち、ほつれて見る影もない。こちらは浪々の長屋暮らしの身、それに実高様も下屋敷なれば、と着流しにした。

豊後関前藩下屋敷は芝二本榎《えのき》にあった。

その門を潜る磐音の手には、宮戸川の鉄五郎親方が腕を振るった鰻の蒲焼と白焼きが提げられていた。

藩主夫妻の内々での下屋敷滞在には、中居半蔵ら少数の近習《きんじゅ》が供をしてきていた。

内玄関で出迎えたのは井筒源太郎だ。

「義兄上、お待ちかねでございます」

「源太郎どの、その前に」

磐音は源太郎に命じて台所女中を呼び、持参した鰻を渡して、温めてくれるよう頼んだ。

初夏の彩りを見せる庭に面した座敷に、藩主福坂実高と奥方のお代の方が半蔵と談笑しながらくつろいでいた。

磐音は廊下に平伏した。

「殿、参勤出府、ご苦労に存じ上げます。お代の方様、ご壮健のご様子、祝着至極にございます」

お代の方がにこにこと笑みを洩らし、

「磐音、浪々の身がさような堅苦しい挨拶は可笑しいぞ」

と磊落《らいらく》な調子で言いかけ、そして、実高が、

「宮戸川の鰻を持参いたしたか」

と問うた。

「ただ今、勝手にて温め直しております」

「楽しみじゃな」

まず酒が運ばれてきた。

「さように離れておっては酒も飲めぬ。近う寄れ」

と実高は磐音を半蔵のそばに呼んだ。

源太郎だけが廊下に控える。

「磐音、城中にて小浜《おばま》藩の酒井《さかい》修理《しゅり》大夫《だいぶ》様からお声をかけられた。そなたは酒井

様とも知り合いじゃそうな」

「知り合いとは恐れ多いことにございます。小浜藩の藩医中川淳庵《なかがわじゅんあん》どのと付き合いがございまして、その縁で一度、お屋敷にて面会の栄に浴しましてございます」

「小浜藩はそなたにえらく世話になったそうではないか。酒井様が直々に余に礼を申されたぞ」

実高が愉快そうに笑みを浮かべ、

「半蔵、磐音を手放したは、関前藩の不手際であったかのう」

と半蔵に問いかけた。

「殿、坂崎は関前の家臣であるよりも、外におるほうが藩のお役に立つかと考えます。まあ、当分は池の外にて自在に遊《あそ》ばせておくのがよろしいかと存じます」

「酒井様が申されるには、磐音は上様の御側衆《ごそばしゅう》にも面識があるそうな。このまま放置しておけばどこぞへ勝手に飛んでいかぬか」

実高はことのほか機嫌がよかった。

「さてどうでございましょうな」

半蔵が首を傾げて微笑《ほほえ》んだ。

「鰻割きの仕事も長屋暮らしも気に入っている様子、まずは他家に奉公するなどございますまい」

「藩物産所もようやく始動したばかり、ますます正睦と磐音親子抜きには考えられぬからな」

と答えた実高が、

「磐音、杯を取らすぞ。奥、磐音に酒を注《さ》いでくれぬか」

と磐音に手ずから杯を渡した。

「恐縮至極にございます」

磐音は藩主夫妻から酒を頂戴し、ゆっくりと飲み干した。

禄を離れた。だが、藩主の実高とは絆が保たれていると、磐音は胸に込み上げる熱い思いで一杯になった。

実高と磐音の厚き信頼の光景を、源太郎はただ驚きの目で見ていた。

「磐音、ようやく関前にも灯りが点ったのう。そなたらが苦労して蒔《ま》いた種がようやく実を結んだ」

正徳丸の江戸での成功が実高の機嫌をよいものにしていたか、と磐音は気付いた。

「殿、藩物産所の企てはようやく緒についたばかりにございます」

「いかにも。だが、考えていた以上に利も上がったというではないか」

「中居様方の苦難の航海が思わぬ実入りを呼びました。しかしながら、今後こううまくいくとばかりはかぎりますまい。それに……」

と言いかけて、磐音は迷った。

「どうした、磐音。思うことあらば、腹蔵なく申してみよ」

「それがしの差し出口、お許しいただけましょうか」

「許す」

「殿のお言葉に甘えて申し上げます。こたびの正徳丸の商いの成功の陰で、なにやらよからぬ企みをなさる御仁がおられる様子にございます。もしかようなことが繰り返されれば、藩再建も危ういこととなり、元の木阿弥になりかねませぬ」

磐音の予想もかけぬ話に、半蔵と源太郎の顔が緊張に引き攣った。

「どういうことじゃ」

「こたび、江戸入りなされた中居様に、暗殺を仕掛けた浪人者らがございました。不逞の浪人が謂《いわ》れなく中居様を襲うとも考えられませぬ。となると藩物産所にからんでのことかと推測されます」

実高の顔が曇った。

「そなた、不逞の浪人の背後で藩内の者が糸を引いておると申すか」

「今のところはなんとも申し上げられませぬ」

と磐音は曖昧に答えた。

実高は先の宍戸派の騒動をも体験していた。だからこそ磐音の言葉の真の意味を理解してくれると信じていた。

実高はしばし沈黙を守った。

半蔵も源太郎も緊張に身を硬くしていた。

「磐音、相分かった」

となにか思い当たることがあるように実高が答えた。

中居半蔵の暗殺未遂の件は、当事者なればなかなか口にのぼせられるものではない。そこで磐音がお節介は承知で、

(これが関前藩の現実)

と実高に訴えたのだ。

廊下に足音がして、鰻の香りが漂ってきた。

「おおっ、参ったな」

蒲焼と白焼きが運ばれてきた。

「殿、奥方様、白焼きは鉄五郎親方が思案したものにございます。山葵醤油《わさびじょうゆ》でいただきますと、蒲焼とはまた違った風味にございます」

鰻料理二品が実高とお代の方の前に並べられた。

白焼きには彩りも鮮やかな山葵が添えられていた。

「なんとも美味しそうなこと」

お代の方が言われて、一口召し上がられ、

「磐音、これはまた上品な味ですよ」

とにっこり微笑まれた。


磐音と半蔵は六つ半（午後七時）過ぎに、芝二本榎の関前藩下屋敷を出た。

磐音の手に福坂家の家紋入りの提灯が下げられていた。

実高とお代の方は下屋敷滞在とあってすっかりくつろぎ、磐音に市井の暮らしの種々《くさぐさ》を話すよう頻りにせがんだ。

磐音は青梅に借金の催促に行った話をした。

「磐音、そなたはやくざの用心棒もなしたというか。呆れたのう」

「本所深川と申す川向こうは、御家人もやくざも町人も助け合っていかねばならぬ土地柄にございますから」

磐音は差し障りのない深川暮らしをあれこれと話した。

「奥、それにしても磐音の暮らしは、いささか変わっておるのう」

「深川の長屋を訪ねてみとうなりました」

「滅相もないことでございます。さようなことをなされば、大家の金兵衛どのが目を回されます」

と磐音は強く辞退した。

お代の方は小城鍋島藩《おぎなべしま》から嫁いできたお姫様である。話に聞く長屋は面白いかもしれぬが、溝《どぶ》や厠《かわや》の臭いが漂うところと知れば、仰天すること請け合いだ。

とにかくあっという間に数刻が過ぎた。

半蔵は公務にて上屋敷に戻らねばならない刻限になった。そこで磐音も同道し、藩邸近くまで送っていくことにした。

芝二本榎界隈は大名家の下屋敷や寺が多いところで、その敷地も広く、人の通りも絶えて森閑としていた。

半蔵には駕籠を勧めたが、

「いや、酒のほてりも醒ましたい。それにずっと座っておったでな、歩いて帰りたい」

と磐音と一緒に徒歩《かち》で行くことを望んだ。

小者《こもの》が提げる提灯の光が二人の数間先を照らしていく。

「坂崎、殿にあの一件を申し上げるとは想像もしなかったぞ」

「先の藩騒動のこともございます。殿に承知しておいていただくことが、何事につけ肝要かと存じました」

禄を離れた磐音なればこそできることであった。

「尾口小助じゃが、毎日のように江戸じゅうを出歩いておる。初めての江戸のことゆえ珍しいのであろうが、魚河岸をはじめ、乾物屋や海産物屋などを訪ねては品や値を克明に調べ、書き記しておるそうな」

「さすがに父上が推挙なされたお方、熱心ですね」

「だが熱心とばかりは言いきれぬ行動もある」

と応じた半蔵が闇に向かって小さく、

「仁助」

と呼んだ。

半蔵は早足の仁助を密かに同道してきていた。闇が揺れる気配もなく、仁助が三人の前に姿を見せた。

「坂崎に伝えよ」

「尾口様と利高様は、二日に一度の割にて不忍池《しのばずのいけ》近くの料理茶屋にて面談なさっておられます」

「尾口どのは江戸の商いを見回っておられるそうな。ご家老にそのことを報告しておられるやもしれぬな」

「坂崎、ならばなぜ藩邸で面談せぬ」

半蔵が異を唱えた。仁助もまた、

「酒の席にございまして、小此木《おこのぎ》平助《へいすけ》様らも同席しておられます」

利高は腰巾着を従えていることを伝えた。

「酒席に尾口どのは最後までおられるか」

「それが半刻ほどで先に出られます」

「一人でか」

「いつもお一人にございます」

「坂崎、ご家老よりも尾口小助のほうが難題と思わぬか」

「いま一つ、尾口どのの人となりがはっきりしませぬな」

「うーむ」

と半蔵が唸《うな》った後、一行は寺町を抜けようとしていた。

仁助が、
すうっ
と闇に消えた。

磐音も半蔵も何者かが待ち受ける気配を悟った。

磐音は小者から提灯を取ると灯りを突き出して進んだ。

半蔵が緊張を解《ほぐ》すように、
ふーっ
と息を吐いた。

三人は曹洞宗医王山広岳院門前に差しかかっていた。

門前のかたわらの闇が動いて、数人の影が姿を見せた。すでに羽織を脱ぎ捨て襷《たすき》をかけ、額鉄《ひたいがね》でも入れたと思える鉢巻をしていた。

さらに山門の奥から仲間が現れ、三人の背後に回り込んだ。

「われら、通りがかりの者にございますれば、懐に多額の金子など持ち合わせておりませぬ」

磐音の声が長閑に響いた。

山門から遅れて姿を見せた者がいた。

磐音が提灯を巡らし、

「おや、鹿島神伝流の剣術家どのでしたな。これで二度目の対面にござる」

「坂崎磐音とやら、神保小路佐々木玲圓の門弟だそうな」

「そなた様は」

「薬王寺《やくおうじ》敏胤《としたね》」

「薬王寺様、今宵の御用とはなんでございますな」

「豊後関前藩中居半蔵、浪人坂崎磐音の命、申し受ける。これもわれらの仕事でな」

薬王寺の平然とした声に、前後を囲んだ手下《てか》たちが剣を抜いた。

磐音は半蔵と小者を背に回すと、三人は広岳院と通りを挟んで向き合う承教寺の塀へと下がった。

多勢に無勢。背後から攻められたくなかったからだ。

前後に分散していた浪人たちが三人を塀際に押し込め、半円に囲んだ。

「坂崎、ちとしつこい。頭分の息の根を止めよ」

と半蔵が薬王寺の怒りを誘うように磐音に言い、剣を抜いた。だが、薬王寺は
その誘いに乗らなかった。

この場で未だ鞘の中に剣を納めているのは磐音と薬王寺だけだ。

「承知しました」

それでも磐音は薬王寺と一対一の戦いに持ち込もうとした。

その気配を察したように薬王寺が、

「飯島、今宵は逃してはならぬ。三人とも殺せ」

と副将格の配下に命じた。

だが、その命に反応した者はいなかった。命を無視したのではなく、飯島がだ
れか、磐音に悟られぬためだ。

半円に囲んだ人数は八人、その背後に薬王寺敏胤が控えていた。

磐音は包平《かねひら》二尺七寸を右手で抜くと峰に返した。

さらに、じりじりとかすかな音を立てて燃える提灯を左から右へと移動させ、

「飯島」

がだれか、八人を順に見た。

だが、感情を押し殺した一団のうち、だれが飯島某か、判断がつかなかった。

磐音の手から提灯が八人の正面へと気配もなく投げられた。

その瞬間、半円の敵陣の左端へと飛んでいた。飛びながら包平を片手斬りに車輪に回した。

ふいを食らった相手が包平に合わせようとしたが、包平の峰がしたたかに胴を叩いていた。

横手に吹っ飛ぶように倒れた男が仲間二人の体にぶつかり、その場に転がした。

その直後、磐音は元の場所に退《ひ》いていた。

提灯が地面で燃え上がった。

半蔵に襲いかかろうとしていた右手の一団が躊躇《ちゅうちょ》した。

磐音はその迷いを見逃さなかった。

飛び込みざま、峰に返した包平をしなやかに肩口へ振るった。

げえっ
鎖骨を叩き折られた浪人が尻餅をついたとき、さらに二人目に磐音の剣が襲いかかっていた。

五人が倒れ、半円の陣形が一瞬の間に崩された。

この中に、

「飯島」

がいたことを磐音は察していた。

灯りが消えて、門前町は星明かりだけになった。すると蠟《ろう》が焦げる臭いが薄闇に漂った。

「おのれ」

薬王寺敏胤が羽織を脱ぎ捨て、前に出てきた。

残った配下が左右に分かれて、道を開けた。さらに、倒れた仲間が痛みを堪《こら》えて後ろに下がった。

「とくとご覧あれ」

と奇妙な言葉を発した薬王寺が、反《そ》りの強い豪剣を抜くと正眼に構えた。

磐音は峰に返した包平を刃へと替えた。

薬王寺は峰に返した剣で太刀打ちできる相手ではなかった。

生か死か。どちらかが斃れ、斃される死闘になる。

そのことを、二人の剣者は承知していた。

磐音も相正眼にとった。

間合いは一間を切っていた。

「坂崎」

半蔵がなにか言葉をかけようとした瞬間、薬王寺の正眼が胸元に引き付けられ、上段に突き上げられるように変じると、旋風を巻き起こしたように磐音に襲いかかってきた。

磐音は呵責《かしやく》なき攻撃を自ら踏み出て迎え撃った。

正眼の包平が上段からの斬り下ろしに合わされた。

その瞬間、薬王寺の刃風は、
すうっ
と勢いを殺《そ》がれて、しなやかにも弾かれていた。

「おのれ」

薬王寺は弾かれた剣に再び力を溜めると磐音の首筋に斬り込んだ。それもまた擦り合わされて力が吸い取られた。

それでも薬王寺は慌てることなく、一瞬の遅滞もない連鎖攻撃を磐音に加えた。

豪剣が振り翳《かざ》され、包平に弾かれる度に火花が散った。

磐音の得意、

「居眠り剣法」の術中に嵌《はま》ることを嫌った薬王寺がいったん後退《あとじさ》ると、すぐに体勢を整え直して剣を八双に立てた。

磐音は腰を沈めると正眼に戻した。

両者は瞬余見合いの後、同時に仕掛けた。

八双の剣が磐音の肩口に下ろされ、包平の大帽子《きつさき》が激流を上る鮎《あゆ》のように躍って、薬王寺敏胤の首筋に伸びた。

低い姿勢から伸び上がるように振るわれた磐音の包平の大帽子が、

ぱあっ

と薬王寺の首筋を刎《は》ね斬って、立ち竦ませた。だが、棒立ちになったのはほんの一瞬で、

「む、無念……」

という言葉が薬王寺の口から洩れると、

どどっ

と朽木が倒れるように崩れ落ちた。

「勝負あった。お引きなされ！」

磬音の凜然《りんぜん》とした言葉に、配下の浪人どもが闇に紛れるように消えた。

あとに残されたのは半蔵と磬音と小者、そして、薬王寺の亡骸《なきがら》だけだった。

「消えた」

半蔵が闇に潜む者の気配がなくなったことを告げた。

薬王寺が、

「とくとご覧あれ」

と声をかけた人物がだれか、磬音は包平の血振りをくれながら思った。

そして、仁助がその人物をうまく尾行してくれるかどうか考えていた。

第五章　八丁堀三方陣

一

昼下がり、坂崎磐音と若狭小浜藩の藩医中川淳庵は肩を並べて、神保小路の北側、駒井小路《こまいこうじ》に入っていった。

奥医師桂川国瑞《かつらがわくにあきら》の屋敷を訪ねようとしていた。蘭方医《らんぽうい》の国瑞は、杉田玄白《すぎたげんぱく》、前野良沢《まえのりょうたく》らが中心になった『解体新書《ターヘル・アナトミア》』の翻訳に関わった人物でもあった。

だが、国瑞にはもう一つの貌《かお》があった。

それを調べ上げたのは南町奉行所の切れ者与力、笹塚孫一だ。

その前日、磐音は笹塚孫一から法恩寺橋際の地蔵蕎麦に呼び出された。

二階座敷に上がると密行の笹塚が独り手酌で酒を飲んでいた。

「十八大通の正体がいくぶん知れた」
と笹塚は言った。
「今助六を気取っておる暁雨は札差の大口屋治兵衛、銀の針金の元結を使うのは利倉屋庄左衛門、祇蘭は下野屋十右衛門……」
と笹塚は名を上げた。
ここで笹塚は懐から書き付けを出して磐音に見せた。そこには、
「景舎こと近江屋佐平次
むだ十こと下野屋十兵衛
百亀こと伊勢屋喜太郎
金翠こと大口屋八兵衛
有游こと笠倉屋平十郎
珉里こと伊勢屋宗三郎
じゅんしこと大内屋市兵衛
全史こと伊勢屋宗四郎
文蝶こと大黒屋文七
文魚こと大和屋太郎次

帆船こと村田屋平四郎
恋藤こと鯉屋藤左衛門
稲有が大口屋平兵衛……」

などと列記してあった。

「十八は吉数にちなんだもので、十八人というわけではなさそうだ。われらが把握したところによると三十人ほどおる」

三十人の「十八大通」が千両の賭けをしたとしたら、なんと三万両もの大金が動くことになる。

「とは申せ、すべての者が白鶴目当ての千両の賭けに参加するわけではあるまい」

と言った笹塚は、

「坂崎、甫周《ほしゆう》こと桂川国瑞は奥医師で蘭方医だ。そなたの知り合いの中川淳庵先生とは『解体新書』の翻訳仲間だ。まず奥医師どのが千両を出すとは思えぬ。会ってみるか」

と唆《そそのか》したのだ。

磐音は、淳庵に迷惑がかからぬかと心配したが、

「会うだけ会って相談してみよ」

と笹塚に半ば強制されて、小浜藩の江戸屋敷を訪ねた。事情を聞いた淳庵は気軽にも、

「ならばこの足で屋敷を訪ねてみますか」

と磐音を桂川邸へと案内してきたのだ。

桂川家は代々幕府の奥医師で、二十五歳の国瑞は四代目にあたった。

『解体新書』の訳述にあたった蘭方医の中でも最年少で、淳庵とも親しいという。

磐音は、十八大通の一人がまさか二十五歳の若さとは想像もしていなかったので驚いた。

桂川家の玄関で書生に訪《おとな》いを告げるとすぐに国瑞が姿を見せた。

「中川先生、わが家に見えられるなんて久しぶりですね」

「そなたに紹介したい人がいてな。坂崎磐音どのだ」

と淳庵が日田《ひた》往還以来の交友を手短に語った。

「以前に中川先生から話を伺って、どのようなお方かと思うておりました」

と磐音のことを承知していたふうの国瑞は、

「ようこそいらっしゃいました」

と屈託なく磐音に言うと、自分の部屋に二人を招き上げた。

八畳二間続きの座敷には、医学・薬学などを中心に万巻の書が積み上げられていた。なかなかの勉強家のようだ。

「坂崎さん、私になにか御用がおありなのでは」

国瑞のいきなりの質問に磐音は迷い、口籠《くちごも》った。すると淳庵が、

「そなたが十八大通の一人だと知って聞きに来られたのだ」

と助け船を出した。

「私があの仲間とよう分かりましたね」

国瑞はあくまで屈託がない。

「さる筋から聞かされました」

と答えた磐音は、

「先日、吉原の大吉楼におられましたか」

と尋ねた。

「どうやら白鶴太夫を相手の千両賭けが問題らしいですね。だが、私には千両なんて大金の持ち合わせはありませんよ」

「国瑞、そなたと通人ぶった十八大通などそぐわぬように思うがな」

「名前は挙げられませんが、親しき人に誘われたのです。むろん大吉楼の集まりには行けませんでした。坂崎さんが十八大通に関心を持たれるいわくがあるのですか」

淳庵の問いかけに国瑞が答えて、さらに磐音に問うた。

磐音はその問いに迷った。すると再び淳庵が、

「国瑞、余計なこととは承知の上だが、十八大通の集まりから距離を置かぬか。町方が目をつけておるそうな。そなたも幕臣なら当家に難儀がかかっても困るであろう」

国瑞の血相が変わった。

「中川先生のお言葉ながら、十八大通は遊びにございます。遊びゆえに馬鹿を承知であのような格好もする。また、中には義侠心《ぎきょうしん》に富むお方もございまして、貧しき病者たちへ密かに施しをなさったりもします。暁雨様方は、江戸者のてれをあのような風俗衣装で隠しておられるのです」

「それも分からぬではないが」

「中川先生、この話、聞かなかったことにいたします」

「国瑞、そなたを怒らすつもりはなかったのだが」

と困惑した淳庵が答え、しばし迷った末に、

「誤解を招かぬよう最後までそなたに言っておく。坂崎さんは気まぐれでそなたに会いたいと言われたわけではない。そなたらが遊びで賭けの的にしておる白鶴太夫は、坂崎さんの許婚であったお方だ。それを知っても国瑞、そなたは、あれを遊びと言い張るか」

「な、なんと」

と仰天した国瑞に淳庵が、藩騒動の犠牲になって遊里に身を投ずることになった奈緒の運命を手短に語った。

磐音には予期せぬ展開であった。

国瑞は先ほどの怒りなどふっとんだ表情で、磐音に念を押すように訊いた。

「坂崎さんは、その方を追って肥前長崎、豊前小倉、長門の赤間関、京の島原、加賀金沢と歩かれたのでございますか」

磐音はただ頷いた。

「国瑞、一人ひとりの遊女の背後にはそのような哀しみも隠されておる。そのことを考えた上でのことなら、この中川、もはやなにも言うまい」

「中川先生」

と国瑞が言葉を詰まらせた。

「桂川どの、それがしがこちらに参った用向きはご放念ください。お二人に不快な思いをさせましたな」

磐音は国瑞と淳庵に詫びた。

「坂崎さん、知らぬこととは申せ……」

「もうよろしいのです。今日のお詫びに近々、中川さんとご一緒に深川にいらしてください。鰻を馳走します。桂川どの、それがしの誘いを受けてもらえますか」

「坂崎さん、よろこんで参ります」

と潔く国瑞が応じて、磐音がにっこりと笑いかけた。


それから二日後、御城下がりの格好の桂川国瑞が六間堀の北之橋際の宮戸川を訪れた。すでに中川淳庵は姿を見せており、二階の小座敷で磐音と話し合っていた。

宮戸川の女将《おかみ》のおさよに案内されて姿を見せた国瑞は、

「本所深川は不案内です。かような場所にかような鰻料理を食べさせる店があるとは存じませんでした」

　と窓の外の堀端の光景を珍しそうに眺めた。

　二階の窓は開けられ、簾《すだれ》を垂らして初夏の光を遮り、その代わりに風を入れるように設《しつら》えてあった。

「宮戸川は、江戸で鰻の蒲焼を食べさせる店の草分けです。近頃では客が舟で食しに来ます」

　と磐音が答え、

「国瑞、坂崎さんはこちらで鰻割きの仕事を続けておられるのだ。いわば鰻の腑《ふ》分《わ》けの達人だ」

　と言って淳庵が笑った。

「驚きました。上様の御側衆とも昵懇の坂崎さんが、鰻割きの仕事をなさっておられるとは」

　国瑞は磐音のことをあちらこちらで訊き回ったようだ。

「国瑞、西国大名の国家老の嫡男が深川の長屋暮らしを続けておられる。そなたらの遊びよりも筋が通った話だぞ」

「中川先生、その話はなしにしてください。赤面の至りです」

そこへ、

「お待ちどおさまにございます」

と小僧の幸吉が、酒と鰻の肝焼きを運んできた。

幸吉もすっかり宮戸川の小僧になりきっていた。

「ほう、肝をこのように串刺しにして焼いて供しますか」

国瑞は肝焼きを興味深げに眺めてかぶりつき、

「これは美味い」

と笑みを洩らした。

「お客様、うちの親方の工夫ですよ」

幸吉が自慢そうな顔をして階下に下りていった。

昼下がりの刻限、客は三人だけだ。

時間だけがゆるゆると流れていた。

「まあ、お一つ」

磐音に燗徳利を差されて国瑞が受けた。

この日、三人は酒を楽しみ、蒲焼を食し終わっても、茶を飲みながら長年の知己のように談笑し続けた。

「坂崎さん、馳走になりました」

食事を終えた後、国瑞が丁寧に礼を述べた。

「先だっては、知らぬこととは申せ、お恥ずかしいかぎりです。私のほうこそいきり立って失礼いたしました。中川先生にも改めてお詫びします」

と頭を下げる国瑞に磐音が、

「どうかさようなことはなさらずに。そして、今後とも気軽な付き合いをお願い申します」

と応じた。

「よし、これで先の手打ちはなった」

と笑みを浮かべた淳庵に国瑞が、

「中川先生、いろいろと考えての結論にございます」

「なんだ、改まって」

「白鶴太夫は、今のところ十八大通のどなたも歯牙にかけておられぬ様子です。といって、暁雨様方にも通人の見栄がありますので、今さら賭けをやめることはなさいますまい。となれば、私が十八大通を抜けるよりは、仲間でいることのほうが、今後何事が起こってもうまくいくとは思われませんか」

と国瑞は、十八大通の内部情報を磐音に洩らすことを遠回しに提案した。

「桂川どの、仲間内のことゆえ、どうか無理はしないでもらいたい」

磐音の言葉に国瑞が頷いた。

磐音は二人を大川端まで送った。

「この次は私が席を設けます」

と言う国瑞と中川の手には、宮戸川の鰻の蒲焼が入った折りが提げられていた。

「楽しみにしています」

磐音は新しく知己を得た喜びを胸に、六間堀の金兵衛長屋の木戸口を潜った。

すると、
わああっ
というおたねたちの爆笑が井戸端から起こった。

磐音が見ると、女たちの間に見知らぬ男が一人混じって、襷掛けで米を研いでいた。

腰帯に、脇差が不細工に差してあった。どうやら侍のようだ。そして、この人物がおたねたちを笑わせていた。

（なにやら違和を感じる）

が、それがなにかと考えていると、その男がふいに磐音の気配に気付き、

「若殿」

と左前に半顔を突き出して呼びかけた。

若殿などと呼びかけられたのは、はるか昔の豊後関前城下のこと、出入りの商人《あきんど》たち以来のことだ。

磐音は呆れながら訊いた。

「そなたが尾口どのかな」

「はい、尾口小助にございます」

背丈は五尺六寸はあろう。だが、腰を屈めているから、痩せた体と相まって小さく見えた。

半顔に傾けている以外、目が悪い様子は外見からはそうと感じられなかった。

それだけ尾口が努力してきた結果だろう。

「ご家老様より、江戸に参ったら若殿に会うよう命じられて参りましたが、御用繁多でただ今になりました」

「藩物産所の設立には、そなたの力が欠かせなかったそうな」

「いえいえ、滅相もないことでございます。私めは、ただご家老の命じられるままに動いただけにございます」

尾口はあくまで謙虚だった。

「ところで、そなた、なにをしているのじゃ」

「若殿の夕餉を用意しているところにございます」

「尾口どの、それがしは見てのとおりの長屋暮らし、そなたに若殿と呼ばれる者ではござらぬ。他人に夕餉の仕度などさせては罰が当たるゆえ、よしにしてもらいたい」

「さようでございますか」

尾口は研ぎ終えた釜を危なっかしい足取りで磐音の長屋に運び、上がりかまちに置いていた大刀を手に出てくると襷を解いた。

「若殿、これを縁に、お長屋にも寄せてもらいます」

「そなたにはご奉公があろう。すでに藩を離れたそれがしになど構われるな」

「こたびの商い、若殿がおられねば成功などおぼつかなかった話にございます。藩を離れたと言われますが、ご家臣のたれよりも実高様に近いお方にございます」

二人の会話をおたねたちが訝しげな顔で見守っていた。

尾口は平然として塗りの剝《は》げた大刀を不格好にも腰前に差した。いっこうに、意に介するふうはない。

「そこまで送ろう」

磐音は溝板《どぶいた》を踏んで、尾口を木戸口まで送った。もはやそこには二人の会話に聞き耳を立てる長屋の者はいなかった。

「尾口どの、そなたは江戸家老の利高様と昵懇のようだな」

磐音が訊いた。

「若殿、それがしは、関前藩の冷や飯食い、横目と蔑《さげす》まれる下士にございます。実高様とご縁戚の利高様と昵懇などとは滅相もない。その昔、利高様の領内ご検地を私めが案内《あない》して村廻りをしたことがございます。その折りに可愛がっていただきました。その縁にて、江戸に出ました際にご挨拶をなしたまでにございます」

「さようであったか」

「では、今日はこれにて失礼いたします」

尾口小助は六間堀へと姿を消した。

磐音はその姿が見えなくなってもしばらく堀端に視線を預けていた。

「坂崎さん、変わった御仁が見えましたな」

振り向くと、どてらの金兵衛が立っていた。

「長屋の女たちをお国言葉で笑わす、持参した魚で手際よく煮物を作り、豆腐と菜っ葉で白和えを拵《こしら》え、米櫃を開けて米を研ぐ。ちょっと要領がよすぎますな。ああいう手合いはえてして油断がならない」

さすがに大家だ、人を見る目はしっかりしていた。

「どうしたものか」

磐音は独り言のように呟いた。

「触らぬ神に祟《たた》りなしと申しますな」

「そうとばかりも言っておられぬのです」

「まあ、あの御仁の作った菜で夕餉を食してから考えたらどうですね」

「はあ」

磐音は力なく返事をした。

二

磐音は行灯を点して長屋の中を見回した。どこといって変わった様子はない。だが、すべてに尾口小助の手が触れられているような気がして、どうにも落ち着かなかった。

（父上もまた奇怪な人物を信用なされたものよ）

金兵衛は飯を炊いて夕餉を食せと言ったが、遅い昼餉を済ませたばかり、腹は減ってはいなかった。

長屋の戸口に立った者がいた。

尾口小助が戻ってきたかと磐音は身構えた。

「坂崎様、仁助にございます」

腰高障子が開いて、早足の仁助が入ってきた。どうやら尾口の動きを見張っていた様子だ。

「尾口様は橋を渡られました」

仁助が部屋に上がってきて、尾口が作った料理を眺めた。

「広岳院門前にて薬王寺敏胤一味に襲われた夜、あの場から立ち去った御仁が尾口様にございます」

「藩邸に戻ったか」

「はい。まっすぐに」

「得体の知れぬ人物だな」

「中居様にご相談申し上げて、尾口小助の身元を洗い直すことにしました。すでに早飛脚を立ててございます」

中居半蔵は長いこと藩の御直目付の職責を果たしてきた。今も昔の配下が国許にいた。

「父上に問い合わせても分かるまいな」

「ご家老はご存じあるまいというのが中居様のお考えです」

と仁助は答えた。

尾口小助を登用した正睦にとって、厳しい問い合わせになるやもしれなかった。

「国許に問い合わせるのもいいが、それでは間に合わぬ気がする。中居様と相談し、そなた、ぴたりとあやつに張り付いてくれ」

「承知しました」

「油断いたすな。あやつ、なんぞ隠しておる」

ただ、それが磐音には未だなにか分からなかった。

仁助も曖昧に頷いた。


翌日、磐音は宮戸川の仕事を終え、六間湯に浸かってさっぱりした足で、永代寺門前の山本町、俗に表櫓《おもてやぐら》と呼ばれる地に一酔楼を訪ねた。その横町は裏櫓、横櫓と称して、女郎屋が軒を連ねていた。

表櫓は客の七分がお店者《たなもの》で、ちょんの間二朱、泊まりが二分二朱と言われた。

磐音は一酔楼の土間先で、

「ごめん」

と声をかけた。

昼餉の仕度か、奥から煮物の匂いが漂い流れてきた。そして、和やかな女たちの話し声が聞こえてきた。

「どなたですかな」

鶴のように痩せてはいるが、好々爺然《こうこうや》とした老人が姿を見せた。着物の裾《すそ》がだらしなく開かれ、襟前《えりまえ》には食べこぼしがこびりついていた。

「それがし、権造親分の知り合いの者にござる。秩父から連れてこられた娘たちがこちらに厄介になったと聞いたので、顔を見に参りました。迷惑でなければ、会わせていただきたい」

「おうおう、あなたが坂崎さんですか」

と頷いた老人が、

「妓楼の主《あるじ》、千右衛門《せんえもん》にございます」

その昔、御家人だったという一酔楼の主が答えると、

「おゆう、おたみ、おまさ、あやめ、いつ女、おしん」

と秩父から連れてこられた娘たちの名をすらすらと呼んだ。

ここでは源氏名などはなく、本名で勤めるのか。

奥から娘たちがどっと姿を見せて、

「坂崎様」

「お侍さん」

と取り囲んだ。

わずかな間に田舎臭さが抜けて、どきりとするような色気さえ感じさせる者もいた。

「元気そうでなによりじゃ」

「坂崎様のお蔭にございます」

　一同の姉様株、おまさが言った。

「それがしはただそなたらを秩父から連れてきただけじゃ」

「いえ、坂崎様が権造親分に私どもを大事にせよときつく命じられました。そのお蔭で私たち六人、一緒のお見世で働くことができました」

「なんぞ困ったことはないか。江戸の暮らしには慣れたか」

「お見世の主様にも姉様方にも親切にしてもらっています」

「それはなにより」

　磐音とおまさらは仕事の話は避けて、江戸の暮らしについて暫《しば》し談笑した。元気そうな様子に磐音は安心した。

　そうと分かれば女郎屋に長居もできない。昼餉が終われば昼見世が始まるのだ。おまさたちには遊客相手の慣れぬ仕事が待っていた。

「主どのの許しを得て、国許の親御様へ便りを出すがよい」

「はい」

　磐音はその場に控えていた千右衛門に、

「時に顔出ししてもようございますか」

と訊いた。

頷いた一酔楼の主が、

「秩父行きには品川柳次郎と一緒だったそうで」

「はい。品川さんには世話になり、母御にも親しくしてもらっています」

「柳次郎の親父どのとは朋輩であった。時に来られて、娘たちに声をかけてくだされ」

かつて御家人であった女郎屋の主が許しを与えた。

磐音は永代寺門前の船着場から猪牙舟に乗った。

春風のような穏やかな風情の千右衛門の人柄と娘たちの元気な姿を見て、なんとなく大川を舟で渡ってみたくなったのだ。

堀の水面を飛ぶ燕《つばめ》もどことなく気持ちよさそうだ。

磐音は水上から門前町、深川蛤町《はまぐりちょう》の町並みを見ながら、三蔵橋、武家方一手橋を潜って、大川河口に出た。すると江戸の町並みの向こうに遠く富士山が望めた。

「穏やかな日和だな」

老船頭に声をかけると、

「へえっ、こんな日ばかりだと船頭も極楽商売なんですがねえ」

とどこか長閑な答えが返ってきた。

「どちらに着けますね。山谷堀ですかえ」

磐音は大川を上りたいとしか言っていなかった。

「残念ながら山谷堀に通うほどの粋人ではござらん。両国西詰で降ろしてもらいたい」

「へえっ」

と答えた老船頭は片手で櫓《ろ》を操りながら、器用にも煙管に刻みを詰めた。

「粋かどうかは知らねえが、札差の旦那方が太夫を巡って大博奕を競っているそうですね」

「さようか」

「聞いた話だと、なんでも今売り出しの白鶴太夫をだれが先に落とすかで千両を賭けているそうですぜ。そんなお大尽が二十人もいるってんで、白鶴太夫は、一夜二万両花魁と呼ばれているとか。豪勢な話じゃありませんかえ」

「十八大通とかいわれる旦那衆かな」

「それそれ、その十八大通だ。ところがさ、肝心の白鶴太夫がお大尽の誘いにも靡かねえてんで、なんとしても落としてみせるとえらく意気込んでる旦那もいるそうなんで」

磐音の懸念していたことが起ころうとしていた。

「じゅんしと呼ばれる旦那は、金尽《きん》くしの贈り物をしたとかしないとか」

「金尽くしとはなにかな」

「なんでも簪《かんざし》、櫛《くし》、笄《こうがい》を金で誂《あつら》えさせ、金糸を織り込んだ打掛けや帯やらと一緒に贈ったそうですぜ」

「それは大層な値であろうな」

「値なんてつけられませんや。ところが、白鶴太夫から突き返されたとか。じゅんしの旦那の面目は丸潰《まるつぶ》れ、虚仮《こけ》にされたそうですぜ」

「花魁は客を大事にせねば先々が大変であろうに」

「客もさ、あんまり金ばかりが先立つと遊びも野暮にならあ。千両なんて大金を賭ける旦那衆なんざ、どうしても通人とは思えねえんでさ。貧乏人の僻《ひが》みかねえ」

「僻みとは思えぬが」

「そうでしょう。だからさ、わっしら銭のねえ者は、太夫の心意気を応援しているんでさ」

「遊女の心意気とはなにかな」

「二万両なんて途方もねえ金を袖にする吉原花魁の沽券《こけん》、張りかねえ」

「白鶴太夫は最後まで心意気を通せるかな」

「白鶴太夫ならば通せましょう。通せますとも」

老船頭は自分のことのように胸を張った。

猪牙舟の舳先に両国橋が見えてきて、舟はだんだんと西詰に接近していった。

「かたじけない。楽しい船旅であった」

「旦那もいつか白鶴太夫のように出世しなせえよ」

「あやかりたいものだな」

船賃を払って磐音は岸に飛んだ。

今津屋の店先に立つと、老分番頭の由蔵が、いずこかの大名家の留守居役らしき武家が駕籠に乗り込み、去っていく姿を見送っていた。

「よい日和にございます」

「今日あたりはお見えになるはずと、先ほどもおこんさんと話していたところです」

「なんぞ御用がありますか」

「大した御用ではございませんが、これから根津権現《ねづごんげん》様近くまで用足しに参ります。お付き合い願えますかな」

「承知しました」

「なら仕度をしますので、お茶でも飲んでいてください」

磐音はいつもと同じ賑わいを見せる両替屋の店先を抜けて、奥へと通じる土間の格子戸《こうしど》を潜り、台所に向かった。

「おや、今日は土間からなの」

夕餉の献立を台所女中と打ち合わせていたおこんが磐音を見た。

「老分どののお供をすることになり申した。仕度の間、こちらで待たせていただきます」

「根津のお屋敷だから、そう遅くはならないわね。夕餉を楽しみにしておいて」

と言いながら手際よく茶を淹れてくれた。

茶請けには茶饅頭《まんじゅう》が出た。

「これは美味しそうな」

「木下様がお立ち寄りになったけど、坂崎さんの顔を見ないと寂しそうだったわよ」

木下様とは、南町奉行所定廻り同心の木下一郎太のことだ。

「そういえば、久しく木下どのとも会うておらぬな」

「どうなったの、十八大通の馬鹿騒ぎは」

磐音は船頭から聞いたばかりの話をおこんに告げた。

「金尽くしだって、野暮天め。相手を見て贈れってんだよ」

おこんがわざと伝法《でんぽう》に言い放った。

それを聞いていた若い勝手女中が、

「おこんさん、あたしは一生に一度でいいから、金の簪を挿してくれと言われてみたいですよ」

と口を挟んだ。

「おせきちゃん、そんなもの、貰ってご覧な。後が怖いよ」

「そうかな。貰ってみなきゃあ、なんとも言えません。でも、相手が大工の留公とか、左官の熊さんじゃ無理ですね」

「無理くらいがちょうどいいの」

おこんが答えたとき、小僧の宮松が、

「坂崎様、用意が整いました」

と呼びに来た。


根津権現は、日本武尊《やまとたけるのみこと》が東征の折り、武運を祈願して千駄木《せんだぎ》の地に創建したのが始まりとか。時代が下って文明《ぶんめい》年間（一四六九〜八七）に太田《おおた》道灌《どうかん》が社殿を再建していた。

祭神は素戔嗚命《すさのおのみこと》、大山咋命《おおやまくいのみこと》、品陀別命《ほむだわけのみこと》、大国主命《おおくにぬしのみこと》、菅原道真公である。

寛文《かんぶん》二年（一六六二）、社地近くに屋敷を構えていた甲斐《かい》甲府藩主徳川綱重に長子虎松《とらまつ》が誕生して、根津権現は虎松の産土神《うぶすながみ》になった。

この虎松こと綱豊が長じて、五代将軍綱吉の養子として西の丸に入り、名を家宣と改め、根津権現は旧甲府藩邸を社地として与えられた。さらに家宣が六代将軍の地位に就くと、根津権現の社格も上がった。

社領五百石となった根津権現は京の北野天満宮などを模して、拝殿、本殿、さらには二つの社殿を結ぶ相の間が、藤堂家、浅野家、毛利家などの有力大名家の監督で普請《ふしん》された。

今津屋の老分由蔵が訪ねたのは根津権現の西側にあった遠州掛川《かけがわ》藩五万石の下屋敷であった。

由蔵は金子を積んだ様子の駕籠と一緒に門を潜る前に、

「半刻（一時間）ほどかかりましょう」

と磐音に言いおいた。

どうやら太田家で金子が入り用になり、今津屋から用立ててもらったようだ。となると帰りは金子なし、駕籠に由蔵が乗って帰ることになる。磐音の用事は半ば終わったともいえる。

そこで小僧の宮松と一緒に根津権現にお参りすることにした。

二人は六代将軍の胞衣《えな》を埋めた割石の跡を見物し、拝殿に皆の息災を祈願したのち、広い境内に引き回された水路沿いに権現造りの神殿やら、あちらの庭、こちらの池と見物して回った。

豊かな水は湧き水のようで、不忍池に注ぎ込んでいるという。広い境内を歩き回っていると時間の経《た》つのを忘れた。

「坂崎様、そろそろ老分さんの御用が終わる頃かと思います」

宮松が暮色に変わろうとする空を見て、慌てた。

「そうだな。あまりにも広い境内の見物に、思わぬ刻限を過ごしたやもしれぬ。老分どのが待っておられねばよいが」

二人は早足で根津権現を出ると、遠州掛川藩の下屋敷門前に戻った。だが、まだ由蔵の姿はなかった。内玄関の前に空駕籠が見えるところをみると、用事はまだのようだ。

「どうにか間に合ったな」

磐音と宮松はさらに四半刻（三十分）ほど待った。すると由蔵が乗った駕籠が屋敷の門を潜って出てきた。

「お待たせしましたな。御用人様と話が弾《はず》んでつい長居をしました」

「用事は済みましたか」

「お約束どおりにご返済いただけるとよいのだが」

由蔵は本日の用事が太田家への金子の用立てであることを認めた。

豊後関前藩にかぎらず、武家方はどこも金子に詰まっていた。

「関前藩は江戸で売れる物産があって、ようございましたな」

「おっしゃるとおりです。ですが、藩の年収の何年分にも相当する借財は、関前と江戸を何十往復させれば返済できるのか、気の遠くなるような話にございます」

「商いは概して、そのような根気のいる仕事の積み重ねにございます。近頃は汗を流さずに金子の貸し借りの利息で大金を蓄える商人もおられますが、これは商いの本道に反します。うちもな、請われるゆえに金子をお貸ししますが、先祖代々の主から、金が利を生む金融の怖さを忘れるなと、奉公人は肌身に叩き込まれております」

磐音は頷いた。

「駕籠屋さん、ちょっと歩いていきます」

由蔵は不忍池の端で駕籠を止めさせ、空駕籠は後から来させ、磐音と肩を並べた。

初夏の夕暮れの風を肌身で感じたかったのか。

「吉原を舞台にした馬鹿騒ぎですが、あの話、早晩潰れますよ」

磐音が由蔵の顔を見た。

「いえね、十八大通、お大尽といっても、千両を右から左へすぐに回せる者はそうはいません。私が見るところ、せいぜい十人かそこいらです。後は勢いで手を挙げたはいいが、千両の工面をどうしようと悩んでいる輩です」

「十八大通の中には医師や歌人が混じっておられるのですね」

「札差ばかりが表に立っていますが、吉原の妓楼の主、魚河岸の旦那と雑多です。その中には、存外金に詰まっている者もいる」

「立ち消えになるとよいのですが」

磐音は白鶴のことを案じてそう相槌《あいづち》を打った。

「潰れます。ただし、十八大通も大風呂敷を広げた以上、どう幕を下ろすか外聞もございますゆえ、ひと騒ぎありましょう」

「幕が下りるまで時間《とき》がかかりますか」

「半年や一年はかかります」

さすがに江戸の金融界を束ねている大番頭だ、その耳目は計り知れなかったし、その情報は確かといえた。

不忍池の北側をそぞろ歩いて、東叡山寛永寺《とうえいざんかんえいじ》下へと回り込んだ。

初夏の夕暮れに誘われた人々が池之端を散策していた。

「豊後関前の腹の黒い鼠どのは、どうしておられます」

「老分どのにはいろいろと気を遣わせ恐縮にござる」

「なんのなんの、こちらは単なる好奇心にございますよ」

「父が登用した下士がただ今江戸入りしておりますが、この者の正体が掴めずいささか困っております」

磐音はざっとその様子を語った。

「ほう、どてらの金兵衛さんが、油断がならない人物と評しましたか。長年大家をやってきた人の目は騙せません。当たっておりますよ」

「となると、父上の目が不確かだったということになる。困りました」

「困りましたな」

と素直に相槌を打った由蔵が、

「その者、国許では猫を被ってきたか、坂崎様のお父上になにか考えがあって、倅どののおられる江戸に送り込まれたか、どちらかでしょうな」

「父上になんぞ考えがあるとな」

「ふと思いついたまでで、深い考えがあって申したのではありません」

磐音はそのような見方もあったかと、物思いに沈んだ。

三

「初鰹《はつがつお》、鎌倉で獲れた二番目の初鰹だよ!」

と奇妙な売り声で長屋にも鰹売りが姿を見せるようになった。

〈相州鎌倉、或は小田原の辺に、此れを釣て江府に送る。その早く出るものを初鰹と称し、賞味す〉

と『俳諧歳時記栞草《しおりぐさ》』にあるように、陰暦四月の初め、鎌倉から江戸に馬の背で運び込まれた鰹は、八尾で一株として売られた。

このような初物は一尾何両もする値で、長屋の住人の口に入るわけもない。

だが、日が進むと値が下がり、長屋にも売り人が出没するようになる。

すると、おたねが仕切って、

「お侍、長屋で鰹を下ろすんだが、半身の半身を買っちゃあくれまいか」

ということになる。

磬音が六間湯から戻ってくると、鰹売りが井戸端で鰹を切り分けていた。その中に仁助が混じっていた。

「おおっ、来ておったか」

「鰹を半身購《あがな》いました」

「ならば昼餉に食そうか」

「なんだか、浪人さんが若殿に見えてきたよ」

植木職人徳三の女房おいちが朝湯帰りの磐音をまぶしそうに見た。過日、尾口小助が、

「若殿」

を撒き散らしていったせいだ。

「おいち、よきにはからえ」

「ははーっ、と答えたくなるね。よく見ると浪人さんも人品は悪くないよ」

「悪くはないがさ、どうも腰が低すぎるんじゃないかね」

おいちの言葉をおたねが受けて、一頻《ひとしき》り磐音は女たちの肴《さかな》にされた。

その間に磐音は長屋から釜を持ち出して、米を研いだ。

鰹売りが金兵衛長屋から去り、昼餉の仕度をするために女たちは散った。むろん買った鰹は亭主が仕事から戻った夕餉の菜であり、晩酌の肴だ。

井戸端に磐音と仁助が残された。

金兵衛長屋の井戸端は椿《つばき》の木が北側にあって、この刻限は木戸口のほうから陽《ひ》が射し込む。

仁助が煙草入れから煙管を出して一服点けた。

「なんぞ尾口どののことが分かったか」

「それがこのところ江戸の名所を歩き回るばかりで、初めて江戸に上ってきた勤番者の行動そのものです」

と答えた仁助は、

「江戸藩邸の下士の方々に横目尾口小助様のことを訊いたのですが、今ひとつはっきりしません。元々尾口様の家は、城下勤めではございませんで、津ノ浦出城番が長く続いていたせいでございます」

「横目になったは小助の代か」

「はい、それ以前は津ノ浦におったのです」

豊後関前では国境と海岸沿いに十数か所出城を築き、下士や郷士を配していた。戦国時代の名残で出城と呼び習わされていたが、藩の出先役所のようなところだ。

その中でも、城下から九里離れた津ノ浦は関前藩の漁業の中心地で、藩物産所を始める際も津ノ浦なくしては海産物も集まらなかったほどだ。

「代々、津ノ浦出城番ならば身内もおろう」

「父親治《や》ノ助《すけ》が健在の頃は、母親とみと二人の弟がおったそうにございますが、治ノ助ととみが相次いで亡くなり、尾口様が家督《かとく》を継いで出城番になった前後から、弟たちの姿が消えたそうにございます」

「江戸家老の利高様とは津ノ浦で知り合うたか」

「これも推測の域を出ません。今から十二年も前に国家老宍戸文六様の発案で領内検地が行われましたな」

磐音はまだ小姓組に列して先代の藩主にお仕えしていたが、わずかに領内の物産、新田検地の騒ぎを覚えていた。

また宍戸文六は先の藩騒動の首謀者で、専断政治で混乱を招き、関前藩を財政的に疲弊させた人物であった。

「あの折り、検地担当で領内をくまなく回られたのが利高様でした。そのとき、領内事情に詳しい尾口様が案内方を務めたそうにございます。その功で尾口様は横目の職に就いております」

「利高様の引きで横目になったのだな」

「はい」

となると利高と尾口とは深い繋がりがあると見たほうがいい。

一方、福坂利高は藩主の従兄弟とはいえあまり藩政に関わることもなく、在所に屋敷と二百五十石の扶持を貰い、暮らしを立ててきた分家の嫡男だ。

その利高に役職が回ってきたのが、十二年前の領内検地であり、こたびの江戸家老抜擢だ。

「十二年前に領内検地方を命じられるほどの人材がなぜその後、再び在所に隠棲したか」

「文六様とぶつかったそうで」

「それで再び干されたと申すか」

「中居様にもお聞きしましたが、利高様は城下を離れ、これといった役職にもつかれなかったゆえ、つい忘れられがちであった人物。利高様、尾口様という、関前の在所に長らくいた者同士が手を結んだかと申しておられました」

「父上はご承知であろうか」

磐音の心配はそこにいった。

「はて、どうでございましょう」

「今ひとつ気になるのが、尾口どのの弟二人の行方だ」

仁助は首を捻り、

「国許からの知らせを待つしかございますまい」

と言った。

「ただ、はっきりしていることがございます」

「なんだ」

「あっしが尾行していることを、早い段階から尾口様は承知していたようでございます」

早足の仁助は、江戸と豊後関前を十二、三日で駆けとおす早足の持ち主であるばかりでなく、探索の心得、忍びの真似事も身につけていた。

その仁助の尾行に気づいているという。

「仁助、無理をいたすな。あの者、われらに正体を見せておらぬことがありそうだ」

仁助が黙って頷く。その顔は真剣だった。

仁助と磐音は鰹半身で昼餉を食した後、揃って長屋を出た。

仁助は屋敷に戻るというので永代橋に向かい、磐音は両国橋を渡るので大川端で別れた。

その日の昼下がり、八つ半（午後三時）に、磐音は井筒源太郎と両国橋西詰で待ち合わせていた。

過日、源太郎の頼みもあり、磐音は今津屋へ案内すると約束していたのだ。

すでに源太郎は橋際にいた。手には風呂敷包みを提げている。

「義兄上」

「その荷物、どうしたな」

「今津屋様への土産を伊代から言付かってきました」

伊代は祝言前、今津屋から簪と櫛を祝いに貰っていた。それを見立てたのはおこんだ。その返礼を婿の源太郎が負って江戸に出てきたようだ。

「参勤上府のそなたにそのようなものを持たせるとは、伊代も奉公のなんたるか承知しておらぬな」

「いえ、私が持参すると請け合ったのです」

源太郎はあくまで屈託がない。

「それにしても広小路と申すところ、いつもかように賑やかでございますか」

両国西広小路には今日も見世物小屋やら露天商が立ち並んで、呼び込みをやっていた。

「まあ、祭りが毎日繰り広げられていると思えばよい」

磐音はそう言うと源太郎を今津屋へ案内した。

人込みを縫っていくと米沢町の辻に堂々たる今津屋の店構えが見えた。

「このお店が今津屋様でございますか」

源太郎は、ひっきりなしに客の訪れる店先に圧倒されたように立ち竦んだ。

「江戸には両替商の看板を許された店がおよそ六百株ある。その筆頭の両替屋行司を務めておられるのが今津屋吉右衛門どのだ」

磐音と源太郎は店に入った。すると筆頭支配人の林蔵《りんぞう》が目敏く磐音の姿を見て、

「後見、お久しぶりにございます」

「林蔵どの、元気そうでなによりです」

磐音は返事を返すと、一段と大きな帳場格子《ごうし》の中に控える老分番頭の由蔵に目をやった。

「これはこれは坂崎様、過日の御用は愛想なしでございましたな。決して忘れているわけではございません」

と遠州掛川藩の下屋敷までの供のお代を気にした。

「あれは散歩にござる。お気遣いは無用に願います」

と答えた磐音が由蔵に、

「今津屋どのはご在宅ですか」

「はい、奥におられます」

と答えた由蔵の視線が源太郎を見た。

「義弟、井筒源太郎にございます。伊代へ祝いをいただいたお礼にご挨拶をしたいと申しますので連れて参りました」

「それはまたご丁寧に」

源太郎が、

「豊後関前藩家臣井筒源太郎にございます、伊代の代理にて参じました」

と挨拶すると、帳場格子から由蔵が立ち上がった。

由蔵自身が案内する気のようだ。

吉右衛門は書き物をしていた。

「おや、坂崎様、どうなされましたな」

と文机《ふづくえ》から顔を上げた。

「それがしの義弟、井筒源太郎を伴いましてございます。妹の祝言に際しましてはご丁重にもお祝いをいただきました。藩主の参勤に同行して江戸入りしましたゆえ、お礼に伺いました」

「それはまたご丁寧なことです」

吉右衛門が源太郎に目を向けながら、

「祝いの品を見立てたのはおこんでしたな」

と吉右衛門が言うところへ、当のおこんが茶を運んできた。

源太郎の目がおこんに向けられ、

「これはおこん様にございますか。伊代からくれぐれもよろしくとの言伝《ことづて》にございます」

源太郎は風呂敷包みを解いた。

幾重にも包まれた返礼の品は、吉右衛門に端渓《たんけい》の古硯《こけん》、由蔵には大小の筆、おこんには見事な珊瑚《さんご》の帯締めだった。

硯は坂崎家に伝わるもので、磬音は見覚えがあった。

「これはなかなかお目にかかることのできぬ逸品にございますな」

吉右衛門が嬉しそうに眺め、

「重いものをよう江戸まで持参なされましたな」

と源太郎に礼を述べた。

「義父からの言伝にございます。今津屋様には直にお礼を申し上げたきところなれど、ただ今国許を留守にすること能《あた》わず。日頃、倅が世話になっておる気持ちゆえ、納めていただきたい、とのことでした」

「大事に使わせてもらいましょう。ただし、倅どのに迷惑をかけているのはこの今津屋も同じこと。以後、そのような斟酌はご無用にとお伝えください」

吉右衛門が快く受け取った。

「老分どのの筆は関前の特産にございます。江戸では知られておりませぬが使ってみてください」

との磐音の説明に、

「穂先もなかなかの腰がございます。大事に使わせてもらいます」

と由蔵も嬉しそうだ。

「おこん様の帯締めは、伊代が井筒家に参る前に、城下の小間物屋にて対で誂えさせたものだそうです。一つは伊代が持っております」

こちらは源太郎が説明を加えた。

「困ったわ」

とおこんが当惑の顔をした。

「どうなされた、おこんさん」

「だって、私は旦那様の遣いで贈り物を見立てただけよ。こんな立派な帯締めをいただいていいのかしら」

「父上が申すように、それがしがこちらに世話になっておる分も入っております。遠慮なく納めてください」

磐音の笑いの混じった言葉におこんがようやく、

「過分なお品ですが、大事に使わせてもらいます」

と源太郎に礼を述べて、一件落着した。

「井筒様は江戸勤番にございますか」

おこんが伊代の身を案じて、訊いた。

「いえ。昨日、殿から正徳丸にて国許へ戻れとの命がございました」

「なにっ、そのような命があったのか」

磐音が源太郎の言葉に驚いて訊いた。もう少し江戸に滞在するものと思っていたからだ。

「昨日、国許のご家老から早飛脚が参りました。そのせいでしょうか、殿は関前に戻り、ご家老の手伝いをせよと申されました」

元々、源太郎の参府は短期間のものであった。

「正徳丸の荷積みはどのような按配《あんばい》か」

磐音は当面の問題を尋ねた。

「ただ今のところ三割方にございます」

正徳丸は豊後関前から主に海産物を江戸に運び込み、帰り船には江戸の品を積み込む企てであった。だが、千石船に積み込むほどの需要が関前にはなかった。

「中居様はせめて半分なりとも荷を積んで、国許にて売り捌きたいお考えにございますが、関前領内の人口は江戸の二十の一にも満たないのです。また懐具合も決してよくはございません。関前で換金できる品には限りがございます」

「古着は買い入れたのか」

磐音が源太郎に訊いた。

「はい、百姓衆、漁師などの着る木綿《もめん》をだいぶ買われたとのことにございます」

帰り船に古着を積むことは、中居半蔵と磐音の間で話がなっていたことだ。

「それでも船倉が空いておるか」

「古着の他に藩で使う雑貨を仕入れて載せましたが、七割方は空いているそうです。中居様は、これ以上の積荷は仕方ないかと洩らされております」

磐音も考え込んだ。

片荷交易だけは避けたいところだが、なにしろ関前藩での消費には限りがある。

「やはり売れ筋は着るものでございましょうな」

いつの時代も女が関心を持つものが消費の中心となると、由蔵の言うように着るものか小間物ということになる。

「老分どの、江戸とは違い、新ものは値が高く手が出ません」

磐音の答えに由蔵が、

「旦那様、下谷広小路の呉服問屋奥州屋の荷、いかがにございますか」

「これはうっかりしておりました。そう、あの荷がありましたな」

と吉右衛門と由蔵が言い合った。

「坂崎様、昨年の暮れ、奥州筋を相手にする衣料、雑貨問屋の奥州屋が潰れました。数年前からうちが資金の提供をしてきましたが、一度傾いた家運は元へは戻りませんでした。主の正兵衛《しょうべえ》どのが起死回生とばかり、うちから七十両を追い借りされて品を揃えられたのですが、その直後に心の臓の病で斃れられた。跡継ぎもなく奉公人もちりぢりになって、後に木綿物、太物、浴衣《ゆかた》地、糸、仕立てた作業衣などが蔵一杯残され、借金の担保《かた》にとってございます。別の商人に値踏みさせましたが、うちがこれまで用立てた四百七十余両の二割にもならぬという返事で、そのままにしてございます。坂崎様、中居様と品をご覧になって、関前で売れそうならば荷積みしませんか」

「それは耳寄りな話にございますが、値はいかほどです」

「うちは奥州屋に用立てた借金を少しでも多く取り戻せれば、それに越したことはありません」

磐音は頷くと源太郎に、

「早速藩邸に戻り、中居様にご相談申し上げよ」

源太郎が磐音の顔を見て、

「よき品なれば関前に運んでもよろしいのですか」

と急な展開に戸惑ったように念を押す。

「うちは坂崎様ならば二つ返事です。商いになるかならぬかは、中居様に目利きをお願いしましょうかな」

「ならば早速に藩邸に立ち戻りまして中居様に申し上げます」

源太郎が立ち上がった。

「源太郎様、商いには機運がございますゆえ、本日はお引き止めいたしません。奥州屋の一件がうまくいき、関前に船積みするようになれば、数日の余裕も生まれましょう。その折りに義兄上様とご一緒に食事など差し上げとうございます」

とおこんが気を遣った。

「はい、その折りは馳走になりに上がります」

源太郎が素直な返事をして、磐音は店先まで送っていった。

その夜、金兵衛長屋の磐音の長屋の戸が叩かれた。

今津屋から戻って四半刻もした頃だ。

訪問者は別府伝之丈、結城秦之助の二人だった。

「いかがした」

「仁助が何者かに斬られました」

伝之丈の顔色が変わっていた。

「容態はいかがか」

「斬られた直後、堀に飛び込んで二の太刀の襲撃を避けましたそうな。そのせいで命に別状はございません」

「どこにおる」

「二葉町の外科医青山静山《あおやませいざん》様の屋敷に」

「参ろう」

磐音はすぐに外出の仕度をなした。

「そなたら、たれの命でここに参った」

「中居半蔵様の使いにございます」

「井筒源太郎の姿を見たか」

磐音は義弟の身を案じた。

「中居様の役宅にてお姿を見かけました」

「よかった」

磐音は正直な気持ちを口にした。

三人は生暖かい風が吹く六間堀を後にして、大川を渡った。


早足の仁助は真っ赤な顔をして、青山静山の診療所の一室に俯《うつぶ》せに寝ていた。

顔が赤いのは傷で熱を発しているせいだ。

枕元に、先ほど今津屋で別れた井筒源太郎の姿があった。

源太郎が黙したまま磐音に挨拶した。

「仁助の具合はどうか」

磐音の声に仁助が目を開いた。

「坂崎様、不覚でした」

乾いた声でそう告げた。

「何があった」

源太郎ら三人が座を外す素振《そぶ》りを見せた。

「いるがよい」

と磐音が命じ、若い家臣たちは座り直した。

「夕暮れ、尾口様が屋敷を出られました。富士見坂を下りきり、錦小路を抜け、御堀端をぐるりと回って、芝口橋方面へと下っていかれました」

仁助は乾いた口内に言葉を途絶させた。すると源太郎が仁助の口に水差しをあてた。

仁助がわずかに飲み、

「すみません」

と源太郎に礼を言った。

「土橋から難波橋へと向かう道中、人の往来は途絶えていました。尾口様が私の半丁ばかり先を歩いているのを確かめた、その刹那《せつな》、背に殺気を感じましたんで、堀へと走りました。ですが一歩及ばず、背を割られました」

「尾口どのがそなたを襲ったのではないのだな」

「尾口様はあっしの前をすたすたと歩いておられました」

「そなたを襲った者を見たか」

「堀に転落しながらちらりと」

「知り合いか」

「そこまでは確かめられませんでした。ただ……」

「ただ、どうしたな」

「暗い上に一瞬でございます。見間違いとは思いますが、尾口様と姿格好がよく似ておりましたんで」

「途中で尾口どのが掏《す》り替わったということはないか」

磐音の問いに仁助はしばらく黙り込んだ後、答えた。

「いえ、それはないかと」

「ならば、そなたを襲った人物は別人ということになる」

「それが、なんとも尾口様に似ていましたんで」

「たれぞが雇った浪人剣客とは考えられぬか」

「屋敷者のような感じでございました」

磐音はしばし考えた後、

「相分かった。少し休め」

と仁助に命じた。

仁助が目を瞑り、磐音らは別室に下がった。

磐音が源太郎を見た。

「仁助の傷具合はどうか」

「背を右肩から斜めに斬り付けられております。医師どのは、刺客がもう半歩前に踏み込んでおれば命は危なかった、と申しておりました」

源太郎の顔も緊張に強張《こわば》っていた。

「何者が仁助を襲ったのでございましょうか」

伝之丈が磐音に訊いた。

「尾口どのでないとすると、われらの知らぬ仲間が藩内に潜んでおることになる。

それはたれか」

磐音は言葉を濁した。

「ともあれ、仁助を襲ったは藩内分派が旗幟《きし》を鮮明にしたということだ」

「中居半蔵様もそう申されておいでです」

源太郎が口を合わせた。

「坂崎様、家老の利高様が分派の首領と考えてよろしいのですか」

秦之助が念を押した。

「ただ今のところなんとも答えられぬな」

一座を重い沈黙が包んだ。

磐音が話題を転じた。

「源太郎どの、今津屋の一件、中居様はどう申されたか」

「明日にも見て、関前城下や領内で捌けるものならば、今津屋から買い取りたいと申しておられました。坂崎様には明朝四つ（午前十時）過ぎに今津屋で会いたい旨、伝えてくれとのことでした」

「承知したと申し上げてくれ」

そう答えた磐音は、

「それがしは明日の仕事もあるゆえ、深川に戻る。そなたらは仁助のそばで一夜を過ごせ。決して夜歩きをしてはならぬ」

と厳命した。

源太郎らが険しい顔で頷き、伝之丈が、

「坂崎様も気をつけて戻ってください」

と不安げな顔で見た。

磐音はただ頷き、包平《かねひら》を手にすると立ち上がった。

磐音は二葉町から大川河口に架かる永代橋を渡って深川六間堀へと道を辿った。

磐音は仁助を襲った刺客が姿を見せるのではないかと細心の注意を払いながら道を急いだが、ついに金兵衛長屋の木戸を潜ってもその様子はなかった。

ふーうっ
と小さな吐息をついた磐音は長屋の障子戸を引き開けた。

四

下谷広小路に衣料、雑貨の問屋を営んでいた奥州屋は、その店の名のとおりに、奥州路に商いを広げてきた商人であった。だが、当代になって商売がおかしくなったとか。

　これまでどおりの品揃えをしているにもかかわらず、売れ行きが伸び悩んだ。

だんだんと資金繰りが苦しくなり、先代以来の付き合いで今津屋に都合四百七十
余両の借金を拵えていた。

　昨年の暮れも起死回生とばかり七十両の借金を得て新しい品を揃えた。

しかし、その直後に主の正兵衛が心の臓の病で亡くなっていた。その品が奥州
屋の二つの蔵と店に山積みにされていた。

「驚きました、これほどの品揃えとは」

　由蔵の案内で品を見た中居半蔵が唸った。

「正兵衛様が倒れたと聞き、直ぐに押さえさせましたでな」

　今津屋の老分が厳しい商いの裏を垣間見《かいまみ》せた。

　半蔵とその場に同行したのは磐音、源太郎、伝之丈の三人だ。

　白木綿、縞木綿、浴衣地、襦袢《じゅばん》、腰巻、帆布、糸、針、前掛け、羽織の紐、帯、
日傘と雑多な品が保管されていた。

「奥州屋の売れ残りの品もございますでな、このような品数になりました。どう

です、中居様、国許で捌《は》けそうですかな」

　由蔵が訊く。

「おそらく領内だけでは捌けますまい。ですが、城下の商人を使い、近隣に手を伸ばせばなんとかなりましょう」

　と答えた半蔵が、

「あとは売り値次第にございます」

「四百七十余両の借財の形にうちが押さえた品です。これだけで元を取り戻せるとは思っておりません。旦那様とも相談しましたが、中居様、まずは荷のすべてを関前に運びませんか。売り上げが上がったところで、六四の精算でいかがですかな。六がうちの取り分です」

　半蔵が信じられぬといった表情で問い直した。

「それは願ったりかなったりですが。よろしいのですか」

「中居様、うちの後見がこうして間に入る商いにございます。互いの信用商売で参りましょう」

　由蔵が磐音を振り返った。

　半蔵が磐音の顔を、いいのかというふうに見た。

「老分どののお言葉です」

相分かったと答えた半蔵が、

「藩物産所がじかに城下の商人と組んで、できるだけ早く換金いたすようにします。まあ、それがしの見るところ、丹念に商いすれば三百両にはなりましょうかな」

「欲はかかぬことです。江戸で処分すれば百両にもならぬと足元を見られた品、うちは少しでも多く取り戻せればようございます」

「早速、荷船を手配して船積みいたします」

「うちはこの蔵と店を空けてくだされば、これはこれでまた新たな商いを考えます」

由蔵の言葉を推量するに、店も蔵も今津屋が押さえたようだ。

「あとはよろしゅうにお願いします」

と言い残して奥州屋から今津屋に戻る由蔵とは別に、磐音たちは広小路に残ることになった。

四人は昼餉を兼ねて、広小路の蕎麦屋に入った。

「坂崎、そなたには帰り船も世話になったな。実高様にまず申し上げるが、国許のご家老もこれで安堵なさるであろう」

半蔵が船に荷を積み込む算段がついて、ほっとした顔をした。

「あれだけの品、捌けますか」

磐音はそのことを心配した。

「坂崎、おれは藩物産所を興すために領内をくまなく歩いて回った。百姓、漁師は、現金買いはできなくとも、江戸に運ぶ海産物との交換ならば応じよう、それだけの品だぞ。関前藩はいわば、今津屋の褌を借りて商いをすることになった。それだけに一文でも利を出して、今津屋の恩義に応えねばならぬ」

「お願い申します」

素直な半蔵の言葉に磐音は頭を下げた。

半蔵は伝之丈に大八車やら荷船の手配を命じた。

「どれほどかかりますかな」

磐音が訊く。

「三日といいたいが、明日、明後日と二日で上げたいな。そうなれば、三日後には正徳丸が船出できる」

と答えた半蔵が、

「荷運びに屋敷の中間小者《ちゅうげんこもの》を動員せい、伝之丈」

とさらに伝之丈に付け加えた。

「中居様、それがしにもお申しつけください」

と源太郎が頼んだ。

「源太郎どのは私に付いていてもらおう」

磐音が言った。

「もしやと思うが、荷積みを妨害する輩が現れんともかぎらぬ」

「そのことよ。ここだけの話じゃが、殿も正徳丸の船出を気にされてな、利高様の外出を差し止めておられる。他の仕事に事寄せてのことだ」

半蔵は実高が江戸家老の福坂利高を身近に置いて、策動できぬように牽制していることを告げた。

「仁助を襲った者の正体が未だ摑めぬ。伝之丈も源太郎も身辺には気をつけよ」

と注意を与えたとき、蕎麦が運ばれてきた。

関前藩では半蔵が陣頭指揮して、下谷広小路から新堀川まで荷車で運び、そこから荷船で佃島沖の正徳丸へと水上輸送する作業を敢行し、二日がかりで終えた。

その間、磐音は源太郎を伴い、新堀川から大川、佃島の舟運の警戒に当たった。日中、なにかが起こるとしたら、水上だと判断したからだ。

その舟の船頭は佃島の鵜吉だった。

一方、尾口小助には半蔵が江戸藩邸内での仕事を命じて、動けぬようにしていた。

だが、二日目の昼間、福坂利高が突然、藩の雇船を見物したいと佃島に姿を見せた。そして、半蔵の案内で荷積みの光景を半刻余りも見物していった。

磐音は後で知らされたことだが利高は、

「江戸家老が藩を上げての商いの実態を知らずして、まさかのお役に立ちませぬ」

と執拗《しつよう》に実高に嘆願した結果だという。

夕暮れ前、最後の荷が正徳丸の船倉に運び込まれたとき、源太郎が、

「義兄上、源太郎はつくづく井の中の蛙《かわず》にございました。江戸に出てきて、そのことを思い知らされました」

と正直な言葉を洩らした。

「江戸では今津屋様のような商人衆がこの世を動かしておられます。そのことを

はっきりと思い知らされました」

「幕府が始まって二百年近く、武家は丸裸にされておる。源太郎どの、それを気づかぬ方が多い。いや、気づきたくないのであろう」

「義兄上は剣を捨てることを考えておられませぬか」

源太郎がふいに訊いた。

「それができるくらいなら、随分と楽であろうがな」

磐音には剣で守るべき女《ひと》がいた。

「伊代は義兄上の江戸での暮らしを案じておりました。関前に戻りましたら、義兄上は関前では想像もつかぬほどの大きな仕事をなさっておられると話します」

「源太郎どの、関前藩の立て直しは始まったばかりだ。そなたら若い藩士に働いてもらわぬとな」

「はい。小林琴平様、河出慎之輔様方の遺志を継いで働きます」

「こたびの参府同行を命じられた実高様に感謝するがよい」

「はい」

源太郎が答えたとき、鶴吉の舟は佃島の船着場に接岸した。

「源太郎どの、なんぞ伊代に土産を買ったか」

「はい、買い求めました」

源太郎が顔を赤らめた。

「よいよい、兄はなにも用意できなかったからな」

多忙の中で父の正睦と伊代宛てに文を書き上げて、源太郎にすでに託していた。

正徳丸から伝馬船が漕ぎ出してきた、乗っているのは中居半蔵だ。

「ご苦労にございましたな」

「なんとか二日で荷積みを終えた。船倉は満杯だぞ」

「見学に来られた利高様はなんぞ感想を述べられましたか」

「ただただ、荷の多さに仰天しておられたわ。そして、この品々を買い取った金子は、先の海産物の売り上げ金ではあるまいなと釘を刺されたぞ」

と半蔵が答えると嬉しそうに高笑いした。

「なんと答えられました」

「藩には坂崎屋と申すご用達がついておりましてな、信用買いにございますよと申し上げたら、嫌な顔をしておられた」

「それはまた大胆なことを」

「藩騒動の二の舞などを画策なされぬように、こちらも釘を刺し返したまでよ」

と答えた半蔵が、

「井筒、明朝出船じゃが、忘れ物はないな」

「ございませぬ」

源太郎は明朝七つ（午前四時）立ちの正徳丸に乗船して、江戸を離れるのだ。

「殿はなにか申されたか」

「正徳丸を無事関前へ着けよと。それにそなたが江戸で見聞したことを今後に役立てよと命じられました」

「よし」

と頷いた半蔵が、

「そろそろ伝之丈も秦之助も参ろう。別れの酒を酌み交わそうか」

と鶴吉の店へと足を向けた。

朝まだ暗い最中、正徳丸は帆を上げて、海上三百里の豊後関前藩への帰路に就いた。

「義兄上、またお目にかかりとうございます」

「航海の無事を祈っておる、源太郎どの」

磐音と源太郎は別れの言葉を交わした。

磐音らは佃島から正徳丸を見守って一夜を過ごしたのだ。

「さて、一便はなんとか形がついた」

鵜吉の舟の上で半蔵が言い、

「鵜吉、鉄砲洲までわれらを送ってくれ」

と頼んだ。

佃島の渡し舟の刻限にはまだ時間があった。

「へえっ、ようございます」

漁師舟はあっという間に鉄砲洲の一角の船着場に着いた。

「鵜吉、世話になったな」

鵜吉に見送られて、磐音、半蔵、伝之丈、秦之助の四人は、鉄砲洲の河岸際を
八丁堀まで一緒に向かった。

「坂崎、これから鰻割きの仕事か」

「はい」

「徹宵をさせて悪かったな」

半蔵ら三人とは八丁堀の河口に架かる稲荷《いなり》橋で別れることになる。

半蔵らは富士見坂の藩邸に戻るのだ。

「伝之丈、秦之助、まだ暗い。道中気をつけて参れ」

磐音の注意に二人が承知しましたと畏まった。

磐音は稲荷橋を渡り、越前堀に架かる高橋を通って大川端へ出ようと考えていた。

一方、三人は半蔵の前後を固めるように伝之丈、秦之助が歩いていく。

中之橋がぼんやりと見えてきたとき、深編笠を被った影が前方に立っているのが見えた。

「中居様」

緊迫に染まった伝之丈の声が警告を発した。

半蔵も見ていた。

「おぬし、半顔の尾口小助か」

半蔵が呼びかけた。

「いかにも」

くぐもった声がした。

笠の下の顔は鼻から口にかけて黒い布で覆われていた。もはや目が弱いふりは

やめにしたか、半顔ではなく、面と向かって半蔵を見ていたが、

「中居半蔵の命、頂戴つかまつる」

と宣告した。

「おのれは、いつからたれぞの刺客に成り下がった」

半蔵の問いに忍び笑いが返ってきた。

伝之丈と秦之助が刀を抜いた。

だが、小助は柄頭《つかがしら》を腹前に突き出す奇妙な格好で、右手をだらりと下げて立っていた。

半蔵も剣を抜いた。

「下郎、そなたには隠し事がだいぶありそうだのう。目が悪いというのも嘘《うそ》のようだな」

半蔵ら三人の注意が小助に向かっていた。

その背後に二つの刺客の影が忍び寄った。

深編笠に口元の黒覆面と同じ格好だ。だが、この二人も未だ剣を抜いていなかった。

緩やかにも忍び寄る影二つが一気に加速しようとした、その瞬間、

「三人が揃うのを待っておりました」

と長閑な声が八丁堀に響いた。

三人の深編笠が凝然として、後方を振り返った。

そこにはたった今、半蔵らと別れたばかりの磐音が立っていた。

「尾口どのには弟二人がいたとか」

「おのれ」

半蔵らの行く手を最初に塞いだ長兄の尾口小助が吐き捨てた。

「伝之丈、秦之助、中居様を守って家際に引け」

磐音の言葉に、三人が町屋の表戸を背にして、するすると退《さが》った。

磐音の前に二人が左右に分かれた。

磐音はその間をするすると抜けて、自ら三人の輪の中に身を移した。

「尾口どの、父上の登用を虚仮《こけ》にされましたな」

「つい最近のことだが、家老はおれが利高様と繋がっておることに気づかれた。

在所の津ノ浦で謹慎を命じられたのをいいことに参府の道中に潜《もぐ》り込み、おれの方から江戸に出てきたのよ」

風が吹いて、八丁堀から薄い朝靄が川端に流れてきた。

「父上に無断で参府の道中に加わったというか」

「横目が役職、なにやかやと理由をつけて行列に加わることなど造作もないわ。そなたの親父どのは、おれが大人しく津ノ浦で謹慎しておると思うておられるのよ」

「弟らは利高様の家来として先に江戸に出ておられたか」

「われら、もはや陪臣《ばいしん》も横目もうんざりした。利高様を擁して藩物産所の実権を握る」

「笑止な考えは捨てよ」

「先の騒動の際に藩を離れた者がちと策動しすぎるぞ、坂崎磐音」

磐音を囲んだ三人が同じように柄頭をおのれの腹前に置いて、右手をだらりと下げ、磐音の動きを注視した。

磐音は包平二尺七寸を抜くと正眼に置いた。

磐音は考えていた。

違和感が腹の底にあった。

（それがなにか）

目まぐるしくも磐音の脳裏にいくつもの光景が走り、一つの記憶が取り出された。

小助が金兵衛長屋の井戸端で米を研ぐ動作だ。

濡れていたのは右手か、左手か。

三方陣が同時に動こうとした。

朝靄が散り流れた。

磐音はその機先を制するように右手後方に飛びさがりざま、正眼の包平を気配もなく車輪に回していた。それは不意打ちながら水が流れるように朝靄を裂いて一条の光になった。

左の逆手に剣を抜きかけた弟の一人の胴に包平がしなやかに決まった。

げえぇっ！

胴を抜かれた弟の一人がきりきり舞いに倒れた。

靄が虚空へと吹き流れた。

そのときには、磐音は横手に飛んでいた。

左手に剣を抜いた二人目の刺客が片手上段に振りかぶって磐音に殺到してきた。

包平が磐音の背で円弧を描いて、相手の脇腹に迫った。

上段からの片手斬りと返し胴斬りがぶつかった。

半蔵が思わず呟く眼前で、返し胴が鮮やかに打ち勝っていた。

尾口小助の弟二人が一瞬の裡に倒された。

「くそっ」

「尾口小助、左利きを隠して戦いを有利に進めようなど、姑息《こそく》にすぎる」

「姑息と言われようと、それが下士の生き方じゃ」

左手一本に剣を構えて突き出した尾口小助に、磐音はあくまで両手正眼で対決した。

間合いはすでに一間とない。

職人たちが八丁堀の仕事場に向かう姿が見られるようになった。そんな男衆が斬り合いを見て、

ぎょっ

として足を止めた。

小助の剣を持つ左手が垂直に上がり、虚空に突き上げられた。

磐音は動かない。

小助の右手が腹前にあることだけを見ていた。

「坂崎」

「おうっ！」
裂帛《れっぱく》の気合いとともに小助の、くの字に曲げた痩身が突っ込んできた。
右手が脇差の柄にかかって翻った。
脇差が投げられていた。
包平の物打《ものうち》が、磐音に向かって飛来する脇差を小さな動きで撥《は》ねた。
同時に小助の片手斬りが磐音の肩口へと襲いかかってきた。
包平も突進してきた小助の喉元に伸びた。
「坂崎様！」
伝之丈の叫びの直後、包平が小助の喉を、
ぱあっ
と裂き斬り、磐音の体が、
くるり
と横へと反転した。
そのかたわらを小助の片手斬り下ろしが空を切って落ちていった。前のめりに、
どさり
と尾口小助が斃れ伏して、地表から靄が立ち、戦いは終結した。

沈黙がしばし八丁堀を支配して、半蔵が、

「坂崎」

と名を小さく呼んだ。

「あやつ、やはり右利きであったか」

「いえ、右も左も自在に利いたようです」

「半顔と同様に小ざかしいことを考えおって」

磐音は南町奉行所の笹塚孫一の手を煩《わずら》わすことになりそうだと、戦いの後始末を考えていた。

巻末付録

江戸よもやま話

吉原——遊廓の流儀

文春文庫・磐音編集班 編

札差の旦那衆「十八大通」が、誰が白鶴太夫と懇ろになれるか、一人千両もの賭けをする——この金にあかせた豪勢にして放蕩な遊びに、白鶴の身を案じる磐音でしたが、彼らを袖にしていく白鶴の毅然とした姿は美しく、清々しいものでした。
十八大通の通人ぶった行動は常軌を逸していますが、実際に吉原で遊ぶには、莫大なお金と時間が必要であったことは間違いありません。今回は、吉原での「遊び方」をご紹介します。

まず、吉原への向かい方から手ほどきいたしましょう。
江戸市中から吉原へは主に四通りの行き方がありました。なかでも大川（隅田川）を舟で向かう、これが粋だとされていました。江戸時代の百科事典『守貞謾稿』によると、神田川の柳橋から山谷堀までの猪牙舟の運賃が、百四十八文（約三千七百円。江戸後期、一文＝二十五円で計算）。気の急いた遊客にとって、手頃な〝タクシー〟だったのでしょう。

猪牙舟に乗って大川を遡上し、今戸橋をすぎて山谷堀に入ると、周辺には船宿が建ち並ぶようになります。桟橋で下船し、日本堤と呼ばれた山谷堀沿いの土手道の「見返り柳」から、五十間道（約九十一メートル）と呼ばれるS字の坂道を下ります。両側には編笠茶屋が並び、身分を隠したい武士は編笠を利用しました。この坂道、吉原を目前にして客が緊張しながら着物に触れて整えることから「衣紋坂《えもんざか》」とも呼ばれていたとか。「あミ笠まぶかに引こみたる人もあり、頬車覆《ほおかぶり》して、目ばかりきろ〳〵としたるものもあり、はな哥《うた》（鼻唄）をうたひ、席駄《せった》（雪駄）をひきづり」（『東海道名所記』）と、そわそわした遊客の様子がよく分かります。

やがて大門《おおもん》が見えてきます。吉原は、縦二町（約二百二十メートル）、横三町（約三百三十メートル）の長方形の敷地の四方を、「おはぐろどぶ」と通称される堀で囲まれています。一か所だけの出入り口、大門をくぐると、左手に奉行所の同心らが詰める番所、右手には「吉原会所」（初代の名主にちなみ「四郎兵衛会所」とも）がそれぞれ設けられ、不審者の侵入や遊女の逃亡を監視していました。正面に伸びるメインストリート「仲之

にもう一間ある。③台所は遊女・使用人のまかないを作った。客用の料理は仕出しを取る。④個室がない禿や新造など下級遊女は、机を囲んで食べた。⑤妓楼のオーナー夫婦がいる帳場。⑥遊女の支度部屋。廊下では、花魁道中での特別な歩き方「外八文字」を練習中。横には風呂場もある。

図１　『六六女細見女夫ぐさ』（国立国会図書館蔵）より、高級妓楼の「大見世」の内部。太線より下が１階、上が２階を描く。１階は遊女や使用人の生活の場、２階は客を迎える部屋が並んだ。①籬と張見世。全面が朱塗りの格子越しに遊女を見る大籬は高級店の証。②上級遊女である座敷持の部屋。奥

町」の両側には、「引手茶屋《ひきてぢゃや》」が並び、路地に入れば、妓楼《ぎろう》の張見世《はりみせ》が覗けます。妓楼は見世の格によって、白鶴が売られた丁子屋をはじめ、松葉屋や扇屋など、上級遊女が多く所属する大見世から、中見世、小見世と三種類に分類されていました。それぞれ張見世の格子が、全面格子の大籬《おおまがき》、四分の一ほど開いている半籬、上半分が開いた惣半籬。大見世の遊女の顔はそう容易くは拝めないのです。

なにはともあれ、引手茶屋に入りましょう。遊女を指名して遊ぶ代金、つまり「揚《あ》げ代」は『吉原細見《さいけん》』に載っています。これは、かの蔦屋重三郎《つたやじゅうざぶろう》が出版した詳細なガイドブック。時代は下りますが、『守貞謾稿』に転載された弘化四年（一八四七）の『吉原細見』から、揚げ代を抜き出してみます。時期により変動しますが、金一両＝十万円（一両＝四分なので、金一分＝二万五千円）とすると、「花魁《おいらん》」と呼称された「呼出《よびだし》」が金三分から一両（七万五千～十万円）、「呼出」よりも下級の遊女である「座敷持《ざしきもち》」でも金一分から二分（二万五千～五万円）でした。花魁と遊んで十万円とは意外に安い？と思われるかもしれませんが、これはあくまでも指名代だけ。これだけでは済みません。

引手茶屋では酒と食事が供されますので、まず茶屋の女房や若い案内にチップとして祝儀を出します。引手茶屋は客の好みを聞く〝紹介所〟ですから、その手数料一分（二万五千円）も別途かかります。花魁が迎えに来て、「花魁道中」でお大尽気分も上々に、妓楼へ移動（三五六、三五七ページ図1参照）。お付きの禿《かむろ》二人、新造《しんぞう》二人とともに、幇《ほう》間《かん》（男芸者、太鼓持）二人と女芸者二人がセットで呼ばれますので、当然、彼らにも祝儀です。ようやく酒宴がスタートすれば、チップのかわりに「小菊紙《こぎくし》」と呼ばれる、一枚で一分に換金できる紙花をどんどん撒いて行きます。取り巻きを連れていれば、彼らの揚げ代も負担しますので、だいたい十両（百万円）は必要です。

とにかく気前がいいこと。これもひとえに遊女の気を引くため……なのですが、当の遊女は口もきかず、目すら合わせてくれません。実は、一回目は「初会《しょかい》」といい、花魁が客を品定めする場で、気に入らなければ遊女は帰ってもいいとされていました。

遊女の気を引こうと、気前よく散財して、ドンチャン騒ぎをしただけで初日はお開き。翌日、遊女が再び会ってくれたら、嫌われてはいないので一安心。二回目は「裏を返す」と呼ばれ、同じ過程を繰り返すだけ。ようやく三回目で「馴染み」となり、客の名前を入れた箸が用意され、それを花魁が預かる、これで疑似的な〝夫婦〟になれました。「馴染金」に二両二分（二十五万円）、「床花《とこばな》」と呼ばれる心付けに三両（三十万円）を献上して、「床入り《とこいり》」となるのです。それは同時に、他の遊女との〝浮気〟は御法度になることでもありました。

ここまで、単純計算でも四百万円、三日に一度の年中行事の紋日《もんぴ》には祝儀は倍額などのルールもあり、実際にはさらにかかったようです。

もちろん、こんな羽目の外し方ができたのは豪商や一部の上級武士のみであり、長屋

図2　浮気の見せしめに、髷を落とされ、振袖姿で手をつく左奥の男性を、立ちながら見下ろす「ヲヒラン」と嘲笑する遊女たち。『吉原青楼年中行事』（国立国会図書館蔵）より

の住人にとっては夢のまた夢。吉原と花魁をテーマにした作品が受けたのはむべなるかな、ひとときの夢を味わいたかったからでしょう。たとえば、山《さん》東京伝《とうきょうでん》の洒落本『通言総籬』は、主人公・仇木屋の一人息子艶次郎が、連れの喜之介、志庵とともに吉原で遊ぶ様子を詳しく描きます。そこでは、

「志庵さんはどうなんした」

「いっそもう酔いきって寝てしまいいした。いっそすかねえ近眼《ちかめ》坊主でおすよ。好かねえぞよォ」

などと酔って寝てしまった彼らの悪口を言う新造同士の会話がリアルに表現されています。艶次郎も、他の遊女と浮気したことが馴染みの花魁・瀬川

にバレてしまい、瀬川に口喧嘩を吹っかけられ、挙句、尻を向けて寝られてしまいます。吉原の浮気は厳禁で、図2のように、客は髷を切られるなどの私刑を受ける羽目になったので、不貞寝する瀬川はまだ優しい。通を気取りながら間抜けな旦那がネタにされているのです。
　また、過酷な境遇を生きる吉原の女性と、ままならない現世の苦しみを抱える外の男性とが共鳴した心中事件はニュースになりました。とくに、心中した男が大身旗本ともなれば、「君と寝やろか　五千石とろか　なんの五千石　君と寝よ」などと揶揄されました。格好の庶民の憂さ晴らしだったのでしょう。
　色街・吉原。そこは、様々な人の想いが交錯する場所だったのです。

【参考文献】

林美一『江戸の二十四時間』(河出文庫、一九九六年)
『歴史REAL特大号　江戸大図鑑』(洋泉社、二〇一四年)
塩見鮮一郎『吉原という異界』(河出文庫、二〇一五年)

本書は『居眠り磐音 江戸双紙 遠霞ノ峠』（二〇〇四年五月 双葉文庫刊）に
著者が加筆修正した「決定版」です。

編集協力 澤島優子
地図制作 木村弥世
DTP制作 ジェイ エスキューブ

文春文庫

遠《えん》霞《か》ノ峠《とうげ》

居眠《いねむ》り磐音《いわね》（九）決定版《けつていばん》

定価はカバーに表示してあります

2019年6月10日　第1刷

著　者　佐《さ》伯《えき》泰《やす》英《ひで》

発行者　花田朋子

発行所　株式会社 文藝春秋

東京都千代田区紀尾井町 3-23　〒102-8008
TEL　03・3265・1211㈹
文藝春秋ホームページ　http://www.bunshun.co.jp

落丁、乱丁本は、お手数ですが小社製作部宛お送り下さい。送料小社負担でお取替致します。

印刷製本・凸版印刷

Printed in Japan
ISBN978-4-16-791300-7

居眠り磐音

友を討ったことをきっかけに江戸で浪人暮らしの坂崎磐音。隠しきれない育ちのよさとお人好しな性格で下町に馴染む一方、〝居眠り剣法〟で次々と襲いかかる試練と敵に立ち向かう！

居眠り磐音〈決定版〉順次刊行中！

※白抜き数字は続刊

① 陽炎ノ辻《かげろうのつじ》
② 寒雷ノ坂《かんらいのさか》
③ 花芒ノ海《はなすすきのうみ》
④ 雪華ノ里《せっかのさと》
⑤ 龍天ノ門《りゅうてんのもん》
⑥ 雨降ノ山《あふりのやま》
⑦ 狐火ノ杜《きつねびのもり》
⑧ 朔風ノ岸《さくふうのきし》
⑨ 遠霞ノ峠《えんかのとうげ》
❿ 朝虹ノ島《あさにじのしま》
⓫ 無月ノ橋《むげつのはし》
⓬ 探梅ノ家《たんばいのいえ》
⓭ 残花ノ庭《ざんかのにわ》
⓮ 夏燕ノ道《なつつばめのみち》
⓯ 驟雨ノ町《しゅううのまち》

⑯ 螢火ノ宿 ほたるびのしゅく
⑰ 紅椿ノ谷 べにつばきのたに
⑱ 捨雛ノ川 すてびなのかわ
⑲ 梅雨ノ蝶 ばいうのちょう
⑳ 野分ノ灘 のわきのなだ
㉑ 鯖雲ノ城 さばぐものしろ
㉒ 荒海ノ津 あらうみのつ
㉓ 万両ノ雪 まんりょうのゆき
㉔ 朧夜ノ桜 ろうやのさくら
㉕ 白桐ノ夢 しろぎりのゆめ
㉖ 紅花ノ邨 べにばなのむら
㉗ 石榴ノ蠅 ざくろのはえ
㉘ 照葉ノ露 てりはのつゆ
㉙ 冬桜ノ雀 ふゆざくらのすずめ
㉚ 侘助ノ白 わびすけのしろ
㉛ 更衣ノ鷹 きさらぎのたか 上
㉜ 更衣ノ鷹 きさらぎのたか 下
㉝ 孤愁ノ春 こしゅうのはる
㉞ 尾張ノ夏 おわりのなつ
㉟ 姥捨ノ郷 うばすてのさと
㊱ 紀伊ノ変 きいのへん
㊲ 一矢ノ秋 いっしのとき
㊳ 東雲ノ空 しののめのそら
㊴ 秋思ノ人 しゅうしのひと
㊵ 春霞ノ乱 はるがすみのらん
㊶ 散華ノ刻 さんげのとき
㊷ 木槿ノ賦 むくげのふ
㊸ 徒然ノ冬 つれづれのふゆ
㊹ 湯島ノ罠 ゆしまのわな
㊺ 空蟬ノ念 うつせみのねん
㊻ 弓張ノ月 ゆみはりのつき
㊼ 失意ノ方 しついのかた
㊽ 白鶴ノ紅 はっかくのくれない
㊾ 意次ノ妄 おきつぐのもう
㊿ 竹屋ノ渡 たけやのわたし
51 旅立ノ朝 たびだちのあした

書き下ろし〈外伝〉

① 奈緒と磐音 なおといわね
② 武士の賦 もののふのふ

（　）内は解説者。品切の節はご容赦下さい。

あさのあつこ
燦 7 天の刃
田鶴藩に戻った燦は、篠音の身の上を聞き、ある決意をする。城では圭寿が、藩政の核心を突く質問を伊月の父・伊佐衛門に投げかけていた——。少年たちが闘うシリーズ第七弾。
あ-43-17

あさのあつこ
燦 8 鷹の刃
遊女に堕ちた身を恥じながらも燦への想いを募らせる篠音に、伊月は「必ず燦に逢わせる」と誓う。一方その頃、刺客が圭寿に放たれ——三人三様のゴールを描いた感動の最終巻！
あ-43-18

井川香四郎
男ッ晴れ　樽屋三四郎 言上帳
奉行所の目が届かない江戸庶民の人情と事情に目配りし、事件を未然に防ぐ闇の集団・百眼《ひゃくまなこ》と、見かけは軽薄だが熱く人間を信じる若旦那・三四郎が活躍する書き下ろしシリーズ第1弾。
い-79-1

井川香四郎
寅右衛門どの 江戸日記
千両仇討《あだうち》
なんと本物のお殿様におさまってしまった与多寅右衛門、さっそく藩政改革に乗り出すが。古典落語をモチーフにした人気シリーズ第四弾は、人情喜劇にして陰謀渦巻く時代活劇に？
い-79-19

井川香四郎
寅右衛門どの 江戸日記
殿様推参
潰れた藩の影武者だった寅右衛門どのが、いまや本物の殿様にして若年寄。出世しても相変わらずそこつ長屋に出入りし、仲間とともに幕政改革に立ち上がる。ついに最後？の大活躍。
い-79-20

稲葉　稔
ちょっと徳右衛門　幕府役人事情
剣の腕は確か、上司の信頼も厚いのに、家族が最優先と言い切るマイホーム侍・徳右衛門。とはいえ、やっぱり出世も同僚の噂も気になって…新感覚の書き下ろし時代小説！
い-91-1

稲葉　稔
ありゃ徳右衛門　幕府役人事情
同僚の道ならぬ恋を心配し、若造に馬鹿にされ、妻は奥様同士のつきあいに不満を溜めている。リアリティ満載の新感覚時代小説！　家庭最優先の与力・徳右衛門シリーズ第二弾。
い-91-2